紅與灰

昆吾 著

目次

第一章

蕭鳴拖著行李箱，隨著人流走出火車站。秋高氣爽，豁然開朗，久違的北京再度展現在他眼前。

是的，他又回來了。

自從大學畢業以來，他還是第一次回到這座城市。年近三十，昔日的同學們大都已經事業起步或是結婚生子，他卻飄來飄去，一事無成。

這些年他換了好幾家公司，每份工作都做不長。愛情經歷也和工作經歷一樣，開始時互有好感，但是時間不長，他便覺得厭倦，主動後撤。日子久了，他甚至都開始懷疑自己是不是有些不正常。其實他知道不是，他知道自己一直無法談一次真正的戀愛的原因。這些年來，他心裏始終揮不去芷琪的身影。那是他在大學時代曾經像女神一樣崇拜和愛戀過的一位女生，是比他低一年級的師妹。她曾經兩次拒絕他的求愛，卻又落落大方地跟他保持著親密的友情，對他關切殷殷。

大學畢業離開北京回省城工作以後，他和她的聯繫漸漸由密轉淡，由淡轉無。他不願打擾她的生活，只是常常在網上搜索她的名字，通過拼湊各類資訊的碎片，知道她後來保送上了研究生，碩士畢業進了某個國家機關，跟一個高幹子弟結婚，工作沒幾年便被派往美國進修一年，回國後頗受上司器重，經常出席一些高規格的會議。

沒想到就在一個月前，她突然在ＭＳＮ上找到了他。他用ＭＳＮ的時間並不長，大學時代的朋友們一別如雨，誰也不知道他的ＭＳＮ帳號，她是怎麼知道的？聊天一問才知道，原來她也是在網上搜索他的名字，搜到了一個部落格，一看那些討論各種「雜學」的文章，就知道確實是他本人，便根據部落格上留下的ＭＳＮ帳號找到了他。

「你的家人都好嗎？」他小心翼翼打下一行字，按下輸入鍵。

她遲疑了兩分鐘，也許不是遲疑，是恰好有事耽擱打字，回覆道：「我去年離婚了。」

一瞬間，他先是震驚，隨即如釋重負。她接著問候他的家人，他坦白說自己還是單身，然後便找個藉口匆匆下線，結束了這次網聊。

再次聊天的時候，她告訴他，她所在的國家機關轉型成為控股公司，下轄一家文化發展公司，她被任命為總經理。公司剛剛開張，她希望他過來工作。

那次聊天之後，他用一個月時間，匆匆結束了省城的生活，包括辭職、賣掉或是扔掉各種生活用品、把藏書和影碟寄存在朋友家裏、轉租房子等等。他計畫在北京長期住下去。未來他和芷琪之間還有可能會發生些什麼嗎？最好別這麼想，一切順其自然……

蕭鳴攔住一輛計程車，要司機先經過天安門，再去後海。從北京站去後海其實並不需要經過天安門，但他就是想再看一眼，彷彿只有這樣，才能確信自己回到了首都。

計程車的座位上放著一份報紙，想必是上一位乘客丟下的，頭版頭條是一行醒目的大字：

熱烈祝賀黨的十七大勝利閉幕

雄偉的天安門城樓上紅旗招展，懸掛著毛主席肖像。雖然只是從疾馳的計程車上匆匆一瞥，蕭鳴還是再度清晰地看見了那個老人神采奕奕而又深不可測的面容，彷彿俯視芸芸眾生。

第二章

計程車在後海北岸停下，芷琪為他訂好的酒店就在這裏。這家酒店由舊廠房改建而成，房間內部以青白兩色為基調，予人恬靜之感。辦理入住手續以後，他吃了一份客房裏備好的泡麵，沖了澡，便躺在床上想心事。

他和芷琪不約而同地想到他在租到房子之前應該先寄宿在後海旁邊，因為後海曾經是他們都很喜歡的地方。他大學一年級剛知道後海的時候，這片楊柳環繞、亭榭相望的水域還宛如養在深閨人未識的淑女，水波悠悠，水鳥低回，與他的散漫天性甚是合拍。但是到了臨近他大學畢業的時候，後海岸邊由民房改建而成的燈紅酒綠的娛樂場所已是鱗次櫛比，一到夜幕降臨，便遊人如織，喧聲震天，像是從淑女變成了舞女。饒是如此，他仍是喜歡這裏的。

他想起和她從相識到熟稔的過程。當她作為新生中的一員在校園中出現時，全校男生都轟動了，一時間搭訕者、追求者絡繹不絕。但是，一個學期以後，眾人的熱情都消散了。她不拒絕和任何人周旋，但是，所有表白愛意者都遭到了禮貌而冰冷的拒絕。她的各科成績遙遙領先，英語演講比賽輕鬆奪冠，兼任班長和系學生會的宣傳部長，後來又成了校學生會的宣傳部長。漸漸的，令男生們印象深刻的便不只是她的美貌，還有自然而然散發出來的權威感——不過，據說女生都是暗暗討厭她的，但她至少表面上和她們都關係融洽，從來沒有紅過臉。

他是散漫慣了的人，雖然也像別的男生一樣驚艷，卻並不覺得一個好學生算得了什麼。但是，到了學生會組織春遊野營的時候，在長城上，以前彼此從未接觸過的他們交談起來了。他那時才知道她中學時便熟讀世界名著，會畫畫，會彈鋼琴，而她對他的「雜學」也表示了濃厚的興趣。春遊回來，他們成了朋友。

起初不過是經常交流一些書籍電影方面的資訊，那時正是自由主義思潮如雨後春筍般在京城裏茁壯成長的年代，他也深受影響，推薦她讀顧准等人的書，還在電郵中互相討論。因此，當又一個初秋來臨，他得知芷琪順利通過為期一年的組織考察、正式入黨的消息時，不禁愕然。黃昏時分，他們在校園裏不期而遇，他說：「都什麼年代了，你為什麼要入黨呢？」

她靜靜地看著他，反問道：「你不覺得黨是現實世界裏唯一能夠領導中國發展的力量嗎？」她的口氣嚴肅得不容置疑，他一時竟無言以對。她還是靜靜地看著他，漸漸充滿了難言的憂傷。他那時正在讀聶魯達的《二十首情詩和一首絕望的歌》，她的憂傷讓他瞬間懂得了聶魯達的詩句：「在你眼睛深處，再遠些，夜色在閃爍/秋天乾枯的樹葉在你的靈魂中旋舞。」就是從那時起，他愛上了她。

寄出第一封情書後不久，他便收到了她的回信，內容是禮貌而堅定的拒絕，但並無傳說中的冰冷，相反，她坦誠地表示願意和他交往。於是他猜測她一定是有男朋友了，想必是上一代的人，比她大十多歲，她肯定喜歡成熟穩重型的。

蕭鳴睜開眼睛，起身走進洗手間，在剃鬚之前向鏡子裏鬍子拉碴的自己凝視了許久。他一直沒有入黨，將來也不會。

第三章

那年秋天，他們的關係漸漸親密了，同時又心照不宣地避免在校園裏表現出彼此的親密。隨著他們去市區淘碟、買書乃至閒逛的次數漸漸增多，他漸漸確信她並沒有一個隱匿在暗處的男朋友。他們經常去淘碟的那家音像店附近有一家琴行，她經常在路過時進去，在鋼琴上很專注地彈幾首曲子，他站在窗邊看落木蕭蕭，在一種萬分珍惜的心情中，對時光流逝有格外的敏感。

深秋的一天，他們為了看城郊霜林如醉的秋景，繞路回學校。黃昏時途經一片半是斷垣瓦礫、半是破舊平房的地段，每間平房的灰墻上都用石灰寫著大大的「拆」字，一間平房的屋頂上懸著一張白布，寫著紅色的標語：「抗議野蠻拆遷，請政府主持公道，還我家園！」

紅日西沉，白布在寒風中瑟瑟顫抖。芷琪嘆了一口氣，說：「社會的發展是有悲劇性的。」她停了停，接著說：「阻礙社會的發展是不可能的，但是否認發展的悲劇性也是不誠實的。」

「請問你站在哪一邊呢？」

「什麼哪一邊？」

「發展和悲劇性，你更在乎哪一邊呢？」

「如果一定要我選，我選發展。」

「那麼你應該這樣說，雖然否認歷史的悲劇性是不誠實的，但是阻礙社會的發展也是不可能的。」

她笑了：「我是一個現實的人，所以最後還是會選發展；你是一個浪漫的人，所以……」

她忽然神情激動，伸出雙手握緊蕭鳴的雙手，輕聲說：「記住，不要為我傷害你自己。」

這是鄭重的警告嗎？多年以後蕭鳴覺得是，但他當時沉浸在幸福中，覺得這只是她暫時的退卻與防守。到那時為止，他和女生的關係僅止於似有若無的牽手，因此與她雙手緊握便已令他感到莫大的滿足。

在那晚接下來回學校的路途中，她始終走在他前面，保持著三四步距離，他一旦追上她，她就快步向前走，比他領先三四步時再慢下來，後來他索性也不追了，只管欣賞她和平時相比略顯搖擺的背影。這樣一路走到了女生宿舍樓下，她停下來，轉身看著他。

「謝謝你。」

接下來的兩個月時間，直到學期終了，她都一直回避蕭鳴。但當春天來臨之後，她又主動約他去市區淘碟，買書，甚至是聽音樂會。

蕭鳴忽然感到一陣尖利的疼痛，剃刀在下頜刮出一道血痕。他用涼水清洗傷口和剃刀，繼續刮鬍子，耳邊又傳來那句令他天旋地轉的話。

「我們之間是不可能的。」

「為什麼？」

「我們不是一類人，對我好，你會後悔的。」
「為什麼我們不是一類人？」
「因為你還相信愛情，而我不相信。」
「為什麼，為什麼你不相信愛情？」
那是市區裏的一個街角公園，公園裏除了他倆之外再沒有別人。時值暮春，花香馥鬱，繁星閃爍。他看見她在星光下剎那間變得面無表情，像恐怖片裏的女鬼一樣寒氣襲人。她把臉扭向一邊，沉默片刻，用冷靜得不能再冷靜的語氣說：「我上初中的時候被人侮辱過，上高中的時候那個人還想侮辱我，是我學會了反抗才沒有讓他得逞。所以現在即使我想相信愛情，我也不可能相信。」
即使到了今天，當蕭鳴想到她的這段話，淚水還是會奪眶而出。當時他哭得很傷心，以至於到後來反而是芷琪笑著安慰他，向他保證說自己現在活得很幸福很自豪，而且很榮幸能夠擁有一位像他這樣溫情善良又頗具才華的朋友。
他們的關係從此升華了。雖然見面的次數並不頻密，甚至似乎每次都是偶然相遇，但是那種心照不宣的曖昧，卻讓蕭鳴覺得時光彷彿凝固在甜蜜而憂傷的氛圍裏。畢業的日子越來越近了，他放棄了留京機會，回原籍的省城工作。在離校之前那些空空蕩蕩的日子裏，他和芷琪彼此在對方面前都不曾流露出絲毫感傷的情緒。最後一天，他的大件行李已經托運，她送他去火車站，堅持買站臺票和他一起進站。在站臺上，在眾目睽睽之下，在一片驚嘆聲中，她吻了他，而且放縱他的唇舌恣意出擊。
這是他們之間的第一次接吻。

第四章

當她出現在他面前的時候，蕭鳴才恍悟，果然二十七八歲才是現代女性的盛年。她穿著一襲深紅色連衣裙來看他，外面套一件深青色綢衫，顯得既成熟又青春。她的身材比學生時代豐滿了些，但仍然相當苗條，頗具玲瓏的曲線；披肩長髮變成了造型精巧的齊耳短髮，顯得幹練而隨意；她的肌膚保養得很好，眼睛也更黑更俏了。他嗅到的不是他日夜縈懷的她的體香，而是一種幽幽的他不能否認很好聞的香水味。

她領他來到後海邊的一處自成院落的會所，進入虛掩的院門以後，一道圍墻立刻隔開了外面的喧囂，院中一座兩層小樓，他們走到樓上，一位白衣女子站著為客人拉小提琴。

桌上燃著蠟燭，他們邊吃邊聊，很快她便平靜地追述起她的婚姻。她是在讀研究生的最後一年認識她前夫的，當時她已經決定碩士一畢業就嫁人，而他是當時所有追求她的人中間最有誠意的一個，於是她就答應了。直到結婚前夕才知道他出身高幹家庭，她前夫很高興她不是因為他的家世，而是因為他這個人嫁給他的。但是她婆婆一直討厭她，那個瘦小乾枯、眼神像刀鋒一樣犀利的老女人，青睞一位和她前夫上同一所幼兒園、同一所小學、同一所中學且門當戶對的女孩，那女孩雖然沒有芷琪漂亮，卻遠比她有錢。在她去美國進修那年，她前夫終於在她婆婆的安排下和那個女孩好上了。在她婆婆主動送給她兩百萬元存款和一處房產之後，她很爽快地在離婚協議上簽了字。幸好，她一直沒有懷孕。

蕭鳴竭力抑制住芷琪的坦率告白在他心中激起的驚詫與痛苦，但手腕和指尖還是忍不住輕輕戰慄。

「別那麼脆弱嘛，這些年你是不是也經歷了好幾個女人？說來聽聽。」她的臉頰在燭光的掩映下紅紅的，漾滿了笑意，似乎很期待聆聽他的艷史。

蕭鳴躊躇片刻，忽然做出了一個決定，他要把這幾年在省城裏和每一位年輕異性的交往渲染誇大，像寫小說一樣編出一串引人入勝環又環相扣的故事。

「我剛進省城電視臺工作的時候，被分配到社會頻道，給一個訪談節目的女主持人當助手……後來在報社……在雜誌社……在網絡公司……在廣告公司，有一個廣告模特兒……」

「看你的表情就知道，那個女主持人肯定很狐媚，那個廣告模特兒也是。」她咯咯笑著，低頭抿了一口咖啡，目光卻轉到了另一個方向。

蕭鳴順著她的目光望去，只見一個中等身材、頭戴鴨舌帽的男子走到一個單身女客的桌前，俯下身，和她輕聲說些什麼。

「那是一個男妓。」

「妳怎麼知道？」

「這個人經常在後海邊上出沒，他也騷擾過我，而且騷擾過兩次。」

蕭鳴再向那一桌望去，那個單身女客始終低頭看雜誌，對那個戴鴨舌帽的男子連瞧都沒瞧一眼。須臾，那男子訕訕走開，又定定站住，朝整個房間環視了一圈，他體格壯實，氣質渾濁，臉圓圓的，看上去既恭順又猥瑣。一名男侍者鄙夷地看著他。他悻悻推門走了，那個白衣女子依然站在那裏耐心地拉小提琴。

「我原以為男妓會長得比較好看。」

「你說的那種男妓是找男人的，是扮演同性戀裏的被動角色，那種人後海邊上也很多。找女人的男妓不是憑外貌，是憑炫耀自己的性能力，純屬服務性質。」

他望著芷琪見怪不怪、雲淡風輕的表情，驚訝於她的變化。她好像已經抱定了游戲人生的態度，可以安然欣賞紅塵中的一切。她以前不是這樣的，至少在他面前不是。

「你還沒有說完你和那個廣告模特兒的故事。」

「算了，以後再說吧。」

「好吧，聽你的描述，我覺得她挺可愛的。她想來北京發展嗎？也許我能幫上忙。」

「謝謝妳，不過我和她已經不來往了。」

「你……你……你怎麼能對人家這樣！算了，我懶得說你了。天晚了，我們該走了。」

燭光跳躍了一下，頃刻間明亮耀眼，表明蠟燭即將燃盡了。

她揮手示意侍者買單。買單之後，他們又坐了幾分鐘。

她說：「這幾年我一本書也沒看，以後工作也閒了，也該認真讀點書了。」

「妳想看些什麼書呢？」

「我以前讀過村上春樹的小說，讀得不多，打算把能找到的全部讀一遍。」

他們離開會所，在後海邊徘徊了一陣，來到附近的一個停車場，她的暗紅色轎車就停在那裏。

她說：「後天上午十點去公司，辦理入職手續。」

她向他詳細說明從酒店去辦公室的路線，然後驅車離去。

蕭鳴回到酒店，心情頗為低落。與芷琪的重逢並沒有給他帶來原先所預期的純淨的幸福感，而是泛起了霧一樣的迷惘。他覺得自己彷彿忘記了告訴她什麼重要的事情，但卻怎麼也想不起來。

夜色已深，暗紅色轎車穿過沉寂的街道，在使館區附近的一家酒吧門前停下。透過玻璃窗，可以看見層層奇幻光影的交疊、變形和切割，聽見重金屬樂器強烈的節拍震動。

芷琪走下轎車，好像變了一個人。她臉色緋紅，伸手把頭髮弄亂，目光既包含期待，又充滿誘惑，昂首走進酒吧。

第五章

跟芷琪見面之後將近二十個小時的時間裏，蕭鳴都感到極其昏沉。他想入睡，卻總是剛剛打盹就突然醒來；不想睡，卻又呵欠連天。到了中午他終於振作精神，到外面轉悠，大腦卻依然不甚清醒，曾經熟悉的北京也變得極其陌生。

紅紅圓圓的夕陽落下地平線了。他吃罷晚飯，找了一家偏僻安靜的小咖啡館，要了一杯咖啡，鬆軟地蜷在沙發裏。一名黑衫黑裙的女孩坐在昏暗的角落裏，頭和肩膀來回晃動，應和著某種節拍，想必是戴著耳機在聽音樂。他呆呆地不知道坐了多久，並未留意到那個女孩頻頻注視他。當那女孩走到他桌邊坐下和他說話的時候，他如夢方醒。

「先生，你需要找人陪聊嗎？我可以跟你聊天。」

他回過神來。

對面的女孩用左手托住下頷，目光閃亮有棱，豈止有棱，簡直是好鬥，含笑看著他。

「不必了，謝謝。」

「你放心，我是大學生，學過心理學，陪聊只是一種工作，是幫人疏導情緒。」她拿出學生證遞給蕭鳴，「不信你看看。」

學生證上的姓名用膠紙蓋住了，照片確實是她本人。蕭鳴把學生證還給她，又仔細看了她一眼。

她大約二十歲左右，紮著馬尾辮，臉圓圓的，顴骨較高，鼻子略厚，面部曲線鮮明，五官甚是姣好，卻難以稱之為清秀，因為清秀使人聯想到植物，而她的神情氣質卻是動物性的，全部精力聚焦於眼前的目標，彷彿可以在瞬間一擊而中或逃逸無蹤。然而她的動物性又洋溢著純潔無瑕的青春氣息，正是這份純潔無瑕令蕭鳴感到難以招架。

「妳打算怎麼收費呢？」

「如果在這裏聊，一小時五十元；如果去外面遛達，一小時一百元。」

「去外面吧。」

他起身叫侍者過來付帳，那女孩也微笑著一同起身。她比芷琪矮半個頭，腰卻粗多了，腳上穿著銀光閃閃的長筒皮靴。

「你看過上個月的幾部小劇場話劇嗎？」她問。

「沒有。」

「一部都沒看？」

「是的。」

「太可惜了！真沒想到你居然不看話劇。」她在他背上輕捶一拳，然後就如數家珍地介紹和評點起那幾部話劇來。

他們走出咖啡館，走到馬路上，行人車輛往來穿梭，喧嚷嘈雜；他們拐進胡同，胡同口有幾家小餐館，生意紅火；他們在胡同裏走得深了，置身於一片清虛寂寞之中，兩邊灰墻綿延，家家門扉緊閉，路燈灑著淡淡溶溶的光。

第六章

「妳剛才是在聽音樂嗎？」蕭鳴問。

「是啊，我在聽Kid Loco的一張專輯，A Grand Love Theme，你知道Kid Loco嗎？」

「不知道。」

「他是法國的一個音樂才子，靡靡之音，你要不要聽？」

她掏出MP3，把耳機遞給蕭鳴，蕭鳴說聲謝謝，戴上耳機。

果然是靡靡之音！剎那間，彷彿地面突然裂開了一個深陷的洞口，他進入洞口慢慢拾階而下，來到了一個幽暗、恍惚、頹廢的地下世界，一些奇裝異服的摩登男女或是冷漠或是詭譎地瞥了他幾眼，然後便繼續他們輕佻的談話或誘惑的遊戲。但他並不想折返而歸，而是心甘情願地繼續拾級而下，越陷越深。

又一首曲子響起，縹緲曖昧的調子裏，夾雜著一個女子極其魅惑的呻吟與嘆息之聲。蕭鳴後來才知道這首曲子名叫「She Woolf Daydreaming」，此時他不由自主打了個冷顫，向身邊的女孩望去，她正會心而又狂野迷亂地瞧著他，極其自然地把雙手搭在他的雙肩上。

「不要害怕，姐姐會好好對你的……」

她催眠般的悠長聲音完全像是在舞臺上表演，但對此時的他卻很有效。他顫抖著，意識尚未反應過來，雙手已經伸進了她的衣襟，像一個一直望梅止渴的人終於貪婪地打開礦泉水瓶的瓶蓋。是的，他的生活裏已經很久沒有女人了。雖然昨晚終於見到了他魂牽夢縈的女神，但或許正因為如此，他才更加需要一個可以讓他任情撫摸的女人，即使只是萍水相逢。

半小時後，兩人已經纏綿於賓館的床上。

起初她的身體純粹被動地任他擺佈，眼神驚恐羞怯，輕聲喊著：「求求你不要……」須臾，她脫光了的身體來回顫動，宛如風吹稻浪，雙手輕撩髮辮，目光欲拒還迎；後來，她的身體精準地配合他的節奏，口中喃喃呻吟，失神地望著天花板。一滴汗珠從他額頭落下來，和她臉上的一滴汗珠融為一體。

蕭鳴望著那滴汗珠，驀然感到一陣尖利的痛苦，這痛苦想必是來自他的靈魂。他喘息著，急刹車停下來，她中斷了呻吟，困惑地望著他。他忽然對她充滿了憐愛，緩緩地再度啟動，動作極其溫存，她又呻吟了，呻吟得極輕，閉上眼睛，臉上浮現出深深的陶醉表情。他益發收縱自如，渾然忘我，她的呻吟漸趨急促，身體近乎僵直，終於發出了興奮的狂喊。

蕭鳴再也按捺不住，倏然噴射，那女孩一驚，睜開眼睛瞪著他，幾秒鐘的靜寂，兩個人都凝神傾聽液體奔流的汩汩聲。他抽身而出，液體都在保險套裏，她嘆口氣如釋重負，含嗔推開蕭鳴，說：「真的快被你弄死了……」

她抬眼望著天花板，若有所思地說：「原來高潮是這樣的……」

她忽然意識到蕭鳴正注視著她的裸體，立刻羞得雙頰緋紅，身體蜷縮成一團，拉過被子蓋在身上，復又迷離地望著蕭鳴，問：「你叫什麼名字？」

蕭鳴此前雖然有過十幾次性經歷，但都乏善可陳，現在他和那女孩目光交接，覺得既自豪又感激，不禁俯身親吻她的全身。他們還一直沒有吻過。

他們交換了彼此的姓名，她名叫珮瓊。

「其實……其實我的學生證是假的，我不是大學生。那些小劇場話劇我也沒看過，都是從雜誌上知道的。」

「哦？」

她把被子推到一邊，身體略微舒展，一手遮住私處，一手護住雙乳。她說自己來自一個山區小鎮，那裏的居民主要以林業為生，幾乎每天都可以吃到野味。她畢業於離小鎮最近的一座城市裏的一所師範學校，在城裏當了一年小學教師就辭職來北京，在北京打了好幾份促銷、秘書之類的工。

「陪聊是我的收入來源之一，但我不是那種為錢上床的女人……我只和看著覺得喜歡的男人make love。」

「什麼樣的男人是妳看著喜歡的呢？」

「書生啦，我從小就喜歡書生，尤其喜歡書生汗涔涔的樣子。」

蕭鳴不禁啞然失笑，他想像著逶迤群山和茂密森林中的小鎮，一個在剽悍粗野的伐木工人中間長大的女孩，卻從小就暗戀文質彬彬的書生。她離開小鎮去讀師範，離開原籍來北京打工，會不會都是出於對書生的渴望？

他又想起芷琪，芷琪出身於一座沿海城市裏的知識分子家庭，童年時父親不幸早逝，母親一直沒有再嫁人。芷琪的母親一定很美，美貌的寡婦，門前一定少不了是非，難怪芷琪的性格會淬煉得那麼堅強。

「好了，說說你吧，你是來北京出差的嗎？」

蕭鳴簡單介紹了自己的情況，但沒有提到芷琪。

「你是說你要找房子在北京住下來是嗎？」

「是的。」

「我們兩人合租一套兩居室如何？」

「合租？」

「是啊，兩居室，一人一間，共用廚房、客廳和洗手間，不會妨礙你和別的女人關起門來尋歡作樂的。」

「為什麼妳想跟我合租呢？」

「我一直想找一個男生合租啊。我現在住在筒子樓的單間裏，廚房、廁所都是公共的，多不方便啊，我又不想和女生合租。這麼說吧，我討厭女生。」

蕭鳴躊躇了，他怎麼能不躊躇呢？他從未想過僅憑慾望也能讓一男一女如此親近，但他轉而想到了一句古詩：「同是天涯淪落人，相逢何必曾相識。」他定定神，說：「好吧。」

珮瓊眸子裏燃燒著激動的火焰，她像一頭矯健的母獸，從床上一躍而起，赤腳去洗手間沖澡。

屋子裏瀰漫著她的體味，是令蕭鳴感到頭暈的濃烈異香。

第七章

第二天上午，蕭鳴來芷琪的公司報到。公司位於東三環附近的一幢很氣派的寫字樓[1]內，占據了一層樓的空間，大多數位子都還空著，看起來很空曠。接待他的人力資源經理是一位名叫陸雲的年輕女生，中等身材，長髮披肩，像臺灣言情小說封面的手繪美女一樣俊秀清純，讓蕭鳴頗有驚豔之感。她的態度非常親切，很快便辦完了手續。

他的職位是策劃，不必坐班，但仍然占據了一個緊鄰落地窗的辦公位置。沒坐多久，桌上的電話響了，芷琪要見他。

他在她獨享的辦公室裏坐下，和她隔著辦公桌面對面，屋裏沒有別人，陽光很明媚。起初他不敢正視她的目光，有些心虛，有些內疚。但是他隨即便發現自己在她面前不再覺得內心深處緊張壓抑了，昨夜與另一個女人雨潤雲溫的酣暢感覺還沁在他的肌膚裏，他的肉身第一次飽滿得足以承受靈魂的重量。

1 編按：辦公大樓或辦公室。

她似也敏銳地感覺到了他的變化，神情有瞬息的驚疑，但立刻便平靜而略顯疲倦地和他談起了工作。

她說，公司想拍一部動畫片，由他負責編劇。

故事的主題是這樣的：在未來，隨著氣候不斷變暖，資源不斷消耗，人類處境岌岌可危。然而，個人主義價值觀甚囂塵上，民眾一盤散沙，互相傾軋，令世界越來越亂。直到一位充滿個人魅力的領袖出現，讓民眾重新凝聚成一個集體……

蕭鳴的額頭不知不覺蹙緊了。

「妳說的這個主題有理論支援嗎？」

「當然有，我正在看一本書，書名叫The climate change challenge and the failure of democracy，中文翻譯是『氣候變化的挑戰與民主的失靈』，中心思想就是我剛才跟你說的那些話。」

「有理論支援就好。」

「我剛才說的只是抽象的梗概，關鍵是臺詞和情節要引人入勝。這部動畫片本來也不是給小孩子看的，是給成年人看的。」

「好的，我懂了。」

「這事不著急，」芷琪看著他，神情是一如既往的關切，「你先找房子，公司附近就有幾個不錯的小區，等一切都安定下來了，再想這件事。」

第八章

地鐵入口處人潮攢動，顯然比當年蕭鳴上學的時候多了很多。除了來往匆匆的行人之外，有人擺攤賣小商品，有人跪著不斷叩頭乞討，還有幾個人在賣唱。

蕭鳴突然聽到了一段久違的旋律，還有久違的歌詞，甚至是久違的嘶啞嗓音。

北京的顏色
是紅與灰
為什麼紅
為什麼灰

紅是純粹
灰是頹廢
紅是高貴
灰是卑微

我迷戀紅
我塗抹灰
我奉獻紅
我化成灰

原來他在這裏！沒想到，他竟然在這裏賣唱！歌者與蕭鳴的距離並不遠，但卻隔著擁擠的人流。蕭鳴心中湧起一股衝動，想要擠過去看看歌者的樣子，但瞬間又抑制住了。他避開人流，閃到牆角，駐足聽那首歌唱完，眼前浮現出一個桀驁不馴的身影。

他叫方炬，是芷琪的同班同學，也是當年系裏的一個怪才。他總是補考，卻會玩好幾種樂器，會作詞譜曲。他一直在追求芷琪，那樣鍥而不舍，經常在芷琪的宿舍窗戶下面彈吉他唱歌。但他的長相實在欠奉，一點都不像藝術家，而是像一個挖煤的民工，又黑又壯又邋遢。他從不掩飾對蕭鳴的強烈敵意，即使在他確認了蕭鳴和芷琪並非戀人以後也是如此，那時他對蕭鳴的敵意更增添了輕蔑的成分。一次，與蕭鳴在圖書館裏不期而遇，他故意對一個崇拜他的小男生大聲說：「我最瞧不起給女人當奴才當寵物的人了。」

說實話，蕭鳴對他不僅毫無敵意，而且頗為欣賞。方炬鍥而不舍地在芷琪宿舍窗戶下彈吉他，不怕成為所有人的嘲笑對象。蕭鳴常常覺得，在他邋遢的外表下面隱藏著真正的騎士風度——這該不是同病相憐吧？

據說方炬在畢業前的最後一次補考中作弊而又恰好被抓到，沒有拿到畢業證，而他對此卻是一副滿不在乎的神情。後來，有人在電視上見到他在幾個唱歌的選秀節目中露過臉，但並未脫穎而出。憑他的外貌怎麼可能脫穎而出呢？後來他便徹底消失了。

不錯，老北京的基本色調確實是紅與灰。普通民居是黑瓦灰牆，皇家建築是碧瓦紅牆。舊日的皇家建築現在大多成為政府部門的機關大院，而在黑瓦灰牆的普通民居中間，也每每夾雜著一些朱門緊閉的院落，雖然它們的牆也是灰的，但瓦往往是碧的。北京人都知道，這種院落只有達官貴人才能住。

手機響了，蕭鳴看來電顯示，是珮瓊打來的。

第九章

蕭鳴遠遠地就看見了珮瓊。她站在小區門口，白襯衫，牛仔褲，辮子解開了，長髮披肩，雙手插在褲子口袋裏。她向另一個方向張望著，微微瞇起眼睛，神情欣快、驕傲而沉靜，似乎還在回味昨夜激情灼燒的感覺。她轉過臉來看見他了，興奮地揮一揮手，眼角因為溢滿笑容而微微下垂。一瞬間，蕭鳴覺得她既美麗又醜陋，美麗是因為她在金黃色的夕陽下看上去是那麼健康清新，醜陋是因為她村姑式的粗野氣質在急切的揮手動作中暴露無遺，但她的盈盈笑意是他覺得曾經熟悉而又久違的，令他無法拒絕。

沒見過世面的中學生才會這樣笑！他忽然醒悟過來了，中學生才會這樣發自內心地笑。時光彷彿回到了多年前，高考將臨，他是班上的學習尖子和文藝委員，常常引來幾個漂亮女生的目光，但他對她們視而不見，因為那幾個漂亮女生的成績都不太好，頂多上省裏的二流高校，而他是早已打定主意要去京城讀書的。當班上最漂亮的那個女生羞澀地請他參加她的生日晚會的時候，他竟然那樣生硬拒絕了她。

一小時前她在電話裏告訴他，她已經在網上找到了合適的房子，跟房東說好了晚上看房，他們相約在房子所在的小區門口會面。現在她挑戰似的望著他，似乎在問他：「沒想到吧？我找的房子在這裏。」

確實，蕭鳴沒有想到她選中的小區如此偏僻，出了北五環，位於城鄉交界之處。說得準確些，它是城市主體向外延伸出去的一塊礁石，矗立在鄉村和曠野中。小區裏的樓房都只有六層，從樣式和破舊程度來看，應該是建於上世紀八十年代，想必最初是某家工廠的家屬院，上世紀末才變成商品房。不過生活設施倒是相當完備，鍋爐房、飯店、超市、菜場、理髮店、洗衣店、修鞋配鎖等等一應俱全。

他們在小區裏面兜了一圈，又繞到小區外面探察環境。東西兩面有許多高高的白楊樹，油綠的葉子閃爍著金屬般的光澤，在風中蕭蕭作響。白楊樹外面是大片大片的旱葦，白色的長穗隨風搖曳，斑駁如雪。北面的視野不受限制，可以一直看到天際淡灰色的山影。在山脈和他們的位置之間，有村莊，有河流，有農田。一排高壓電線塔，從城市縱貫到曠野中，消失在地平線上，像海面上的浮標，海的顏色正在由蒼碧轉為橙黃乃至赭紅。

她指著天空說：「夜裏這兒可以看星星，地上沒有光，黑漫漫的，星星就特別亮。看星星看久了，你就會覺得，天是圓的，地是方的。」

蕭鳴從小在城市長大，很少看星空，珮瓊的話讓他感到一陣天真而又茫然的欣喜。他忍不住，忍不住去拉她的手，她閃避了幾下，終於順從地讓他握住。

太陽變成了一個金紅色的圓球，懸掛在白楊樹梢上。有一些車輛在公路上行駛，有一些人下班回小區。但是人和車輛都相當稀少，和城裏沒法比。蕭鳴心中微微一沉，這單調的氛圍令他感到些許寂寞。但他轉念一想，反正自己這段時間的工作是構思劇本，沒關係。

正在這時，他看見了一匹馬。

那是一匹停在路邊的馬，套著軛具，拉著大車，車上是一堆堆的水果，馬的主人站在車後面等待顧客。蕭鳴一向覺得自己和馬有緣，因為他的生肖是馬，他的名字也是來自《詩經》裏的「蕭蕭馬鳴，悠悠旆旌」。但他以前只是在旅遊景點見過供人合影留念的馬，現在是第一次看到一匹生活中的馬。牠是棗紅色的，身材高大而又勻稱優美，濕潤的眼睛炯炯有神，長長的鬃毛披散著，豐盛的尾巴輕輕搖擺。

珮瓊走上前，憐愛地撫摸馬的脖頸和側腹。牠抖抖鬃毛，驀然打了個響鼻，一陣重濁的氣息撲面襲來，令蕭鳴望而卻步。珮瓊輕輕抱住牠的頭，跟牠說話，牠輕捷、溫順卻又有些俏皮地覷著她。馬的主人是一個滿臉褶子的中年人，他瞅瞅珮瓊，又瞅瞅蕭鳴，衝他們笑了笑。

珮瓊戀戀不捨地放開馬，那匹馬轉過頭，戀戀不捨地望著她。暮雲四合，太陽就要落下去了，西天一道晚霞格外絢麗耀眼。蕭鳴看看馬，又看看珮瓊，他忽然覺得天圓地方，生命裏湧現出一層新的卻又是神秘的意義。

第十章

「書生，你包養我，好不好？」

他們回到了小區裏，西天剩下最後一抹餘暉，她撩弄長髮，賣弄風情地看著他。

「什麼意思？」

「就是……就是你每月替瓊瓊付房租，替瓊瓊出伙食費，瓊瓊當你的情人……瓊瓊不用你買珠寶和衣服，瓊瓊上班掙錢，用自己的錢買衣服，買化妝品，這樣瓊瓊就不用和別人陪聊了，瓊瓊只屬於你一個人，好不好？」

「妳是說建立一種契約關係？」

「也可以說是契約啦，不過不是賣身契，是君子協定。如果真要賣身，瓊瓊早就賣了，才輪不到你呢。瓊瓊只是當你的情人，但不是你的奴婢，更不是你的洩慾工具。這不是賣身是委身，瓊瓊相信你是君子，才願意委身於你的。」

蕭鳴嘴唇翕動，想說些什麼，又止住了。

他明白，如果眼前這女孩稍微老練一些的話，只需施展手段，便不難讓他像一隻迷途的昆蟲黏附於情慾之網，那時再令他出錢供養她可謂水到渠成；或者，她也可以渲染自己的拮據和窘迫，激起他對一個離家漂泊的弱女子的憐惜之情，讓他心甘情願地施惠。她現在迫不及待地提出讓他「包養」，而又把價碼壓得如此之低，其實正說明了她的自尊——她寧願扮演一個墮落女人的角色，也不願彰顯自己的可憐；寧願聲明自己是用情慾交換物質，也不願以愛情的名義引人上鉤。在她游戲人生的表象之下，她的天真與無奈令他的心為之揪緊。但是他知道自己不能流露真情，只能裝作自己被她騙進了這個遊戲。

那麼，他要如何與「瓊瓊」打交道呢？君子，是的，一個君子，但卻是一個僅僅被她的身體和表像迷住，心癢難耐的君子，這樣她就可以心安理得地接受他的「包養」，在需要甩掉他的時候毫不內疚地全身而退。她此刻正緊張地望著他，臉都漲紅了，似乎正在盤算倘若遭到拒絕，應當如何還擊。

「妳真的再也不跟別人陪聊了？」

「當然啦，瓊瓊既已委身於你，當然再也不跟別人陪聊了。」

蕭鳴想，包下她的房租伙食，一個月大約要多出兩千元左右的開銷，芷琪給他的薪水是七千元，還剩下五千元，夠花了。經過昨夜的一晌貪歡之後，他感到自己無論如何對她負有一份責任。西天的最後一抹餘暉也消逝了，她低聲道：「信不信由你，我是第一次跟人同居……」這句話出以調情的口吻，語氣卻在不經意間洩露了她心緒的紛亂與猶疑。她也許已經開始後悔，也許想要退縮，也許下一秒就會轉頭離開。

「我相信。」

珮瓊突然嗚嗚哭了起來，哭得很傷心。蕭鳴手足無措，直到他意識到此刻唯一應該做的事情是將她摟在懷裏。他摟她入懷，她一邊抽泣一邊抬起頭來看他，噙著淚花的眼睛裏閃爍著迷茫、兇狠、不信任的光芒，旋即又低下頭去。她的體味因為哭泣益發濃烈，似是某種乳酪的酸味，有別於昨夜的異香。

蕭鳴摩挲著她的長髮，她驀然從他懷裏掙脫，先是掏出一張衛生紙擤鼻涕，把弄髒了的衛生紙直接扔在地上，然後掏出手帕擦眼淚。眼淚尚未擦完，她便快樂地笑了，用右手的食指和中指比劃了一個「V」的手勢。

她又恢復了調情的口吻，說：「你知道嗎，當瓊瓊第一眼看到你，瓊瓊就喜歡你了。」

蕭鳴覺得心情沉重，沉重到幾乎頭暈目眩。與此同時，他也感到自己內心深處對這個女孩、這隻小母獸有一種深切的需要。不僅僅是性，比性要深刻得多，但也不是精神，也許就是人生的存在感吧。為了防止自己在暈眩中閃失跌倒，他再度緊緊摟住珮瓊。

第十一章

夜幕降臨，路燈和人家窗口的燈光都一一亮了起來。房東打來電話，約他們在某幢樓某單元門口見面。珮瓊在超市的洗手間裏把臉洗了，拉著蕭鳴的手來到約定地點。空氣裏瀰漫著炒菜的香味。

等待他們的房東是一位矮小微胖的中年女性，短髮方臉，眉眼細致。她年輕時大約是一個頗為古板抑鬱的人，現在卻竭力顯得開放、寬容而愉快。然而她那雙飽覽世事的眼睛還是迅速在蕭鳴和珮瓊之間做出了區分，對蕭鳴是溫暖甚至有些逢迎的，對珮瓊則冷淡而略帶敵意。不過她倒是立刻就默認了他們是一對相處已久的戀人。她姓張，要他們稱呼她張姨。

這是一間位於三樓的兩室一廳的房子，一進門是客廳，南邊是大房間，北邊是小房間，兩個房間都有陽臺。大房間的陽臺是密封的，窗戶很大，採光很好。小房間之所以小，是因為和廚房、洗手間並列於客廳的北邊。陽臺沒有密封，視線也沒有遮擋，莽原一覽無餘。房間裏各種家俱電器一應俱全，家俱一看式樣就知道是上世紀九十年代初打造的，電器則是世紀之交的產品，半新不舊。櫃櫥並沒有全部騰空，有些還上著鎖，是房東存放的雜物。

張姨說這房間從來沒有出租過，確實，房間頗為乾淨，連廚房的抽油煙機都沒有多少油漬。除了室內的陳設略顯古板、色調略顯抑鬱之外，以蕭鳴的現狀而言，便沒什麼可挑剔的了。珮瓊竭力顯得沉靜，卻難以抑制微微的激動，蕭鳴看著她，忽然意識到，來自山區小鎮的她想必從來沒有住過單元房，當然這無須求證了。

還有一個適合居住的理由，大房間一張雙人床，小房間一張單人床。

「怎麼你沒有暫住證嗎？」張姨問蕭鳴。

「嗯，我剛來北京，還沒來及辦。」

張姨沉默片刻，彷彿下了很大決心似的，說：「沒辦就不用辦了，張姨信得過你們。這暫住證，本來就不是針對你們這些人的，是管那些沒素質的民工和北漂的。你們在外面也別說是租房，就說是張姨的親戚，在北京工作，借張姨的房住。要是居委會知道這房租出去了，還得管張姨收稅，這稅錢還不是出在你們身上？你們覺得這房不錯，願意住，張姨也覺得你們不錯，也願意讓你們住，這就是緣分，你們說是不是？大家既然有緣，往後就互相理解，互相幫襯，和諧社會可不就是這個理兒？」

第十二章

當張姨說到「是管那些沒素質的民工和北漂的」時，珮瓊的臉色立刻變得有些慘白，目光游移不定，輕輕咬住嘴唇。

蕭鳴交了訂金，和張姨說好了明天晚上來簽合同，押一付三——就是交相當於一個月房租的押金和三個月的租金，以後每隔三個月繳一次房租。張姨接下來向他們示範各種用具的操作，如何用煤氣灶做飯、如何清洗抽油煙機、如何使用洗衣機、如何調節煤氣熱水器的冷熱水。然後又告訴他們如何買電、如何繳水費煤氣費、如何繳電話費上網費……等等。珮瓊聽得非常認真，令張姨的態度也變得很認真。

「好多人勸我跟我老伴把這套房子賣了，可我不答應，這套房子我們暫時對外租幾年，等將來孩子結婚了，城裏的房子給他，我跟我老伴還要搬回來住。所以希望你們愛惜這些家俱和電器，我給你們一個好環境，你們也千萬記住給我留下一個好環境。」

「那您只管放心好了，我們肯定會愛惜的，保證完璧歸趙。」珮瓊的回答乖巧伶俐。

他們和張姨告別，臨別前每個人都說了不少客氣的話，顯得其樂融融。

在一盞盞路燈的光芒下，他們沉默地朝車站的方向走去。走出小區，來到人影稀疏的公路上，她突然停住腳步，挑釁地望著他。

「你真的願意包養我嗎？」

緊接著，她扮了一個鬼臉，迷亂地笑了。

「不會的，你不會的，除非你是世界上最大的傻瓜！我會趁你不注意的時候把你的錢一捲而空的，我會謀財害命，我……」

她說不下去了，因為蕭鳴已經抱住她，吻她的嘴唇。但她依然狂笑不止，朝他臉上就是一拳，他猝不及防，眼冒金星，本能地鬆開雙臂，她趁機掙脫，跑進路邊的白楊樹叢中。蕭鳴在後面追趕，在黑黢黢的樹叢深處追上了她。

她的身體再度和昨夜一樣散發出令他難以抵禦的異香。然而她還是揮拳揍他，氣喘吁吁地揍他，拳頭雨點般落在他身上，直到她倏然失去平衡倒在地上。他彎下腰，按住她的兩隻手腕，眼前不期然浮現出傍晚看到的那匹棗紅馬的形象——不，不是棗紅馬，是白馬。

白馬的眼睛裏浸滿了淚水，鬃毛散亂。

蕭鳴眼前又浮現出了一位女人的形象，是芷琪，不過不是學生時代青澀纖弱的芷琪，而是這幾天他所見到的成熟圓潤的芷琪。他忽然意識到，他的女神也是一匹馬，一匹俊美雅潔芳香四溢的駿馬，曾經，曾經有一個出身權門的人輕而易舉地就成了駕馭她的騎手。這個頓悟像毒蛇一樣噬咬著他，幾乎令他發瘋。

白馬嘶鳴著，憤怒地抗拒他，卻又以益發濃重的體味誘惑他。他的瘋狂與她的憤怒扭纏在一起，嚇得鳥雀飛散，樹葉振響。忽然，她不再抗拒他了，她躺在地上，解開白襯衫的紐扣，解開牛仔褲的皮帶，一邊喘息一邊說：「來吧，傻瓜，我認命了。」

二十分鐘以後，他們十指緊扣，蹣跚走出樹叢，她的白襯衫被汗水和塵土弄出了一塊塊汙跡，臉紅紅的，目光炯炯卻含而不流，簡直攝人心魂。

穿髒衣服坐公車顯然不合適，他們在路邊叫住了一輛計程車，先把她送回住所，再去他的賓館。儘管這意味著要繞一個大圈，先去南城，再回北城。

「像電影一樣生活，我就是在像電影一樣生活。」在計程車裏，她低頭擺弄手指，自言自語。她在南二環附近一片舊式的樓群旁邊下車了，隔著玻璃窗羞澀地笑笑向他揮手告別。看樣式，這片樓群的建築時間不會晚於上世紀七十年代，沒有陽臺，想必都是共用廚房、衛生間的筒子樓。路邊散落著隨意棄置的爛菜葉和果皮。

回到賓館，蕭鳴脫了衣服，用熱水洗淋浴。身上有幾處淤血的輕傷，是拜珮瓊的拳頭所賜，洗完澡要敷些藥膏。沾了那麼多塵土，她現在也應該在洗澡吧，但筒子樓裏如何洗澡呢？要去公共水籠頭接水，用電熱壺燒上幾壺開水，和涼水一起倒在大浴盆裏，洗澡的時候不要濺太多水到浴盆外面，否則會很麻煩，因為地上沒有下水口。第一遍的洗澡水裏會有很多香皂或是浴液的泡沫，要用清水洗第二遍，但清水豈不還是要去公共水籠頭再接一次？這意味著她在洗澡中途要穿上衣服出一次門，對了，還要記得把房門鎖上。

再說，她也未必有大浴盆，一間擁擠的小屋，哪有地方放呢？她應該是去那種廉價的公共澡堂洗澡，這種廉價的公共澡堂和洗浴中心、桑拿房完全不是一個概念，在那裏，裸露的身體與身體在水柱和蒸汽之間擁擠碰撞，毫無隱私可言，她對此一定厭煩之至。他記得，她說過自己討厭女生。所以一間可以隨意洗澡的單元房就足以令她感到幸福？

洗完澡，敷完藥膏，蕭鳴出去吃飯。後海邊的飯店每到這個時候總是爆滿，他走了好一段路，走到聽不到喧囂的地方，才找到一家適合自己此時心境的比較安靜的小餐廳。如果不是因為珮瓊弄髒了白襯衫，他們本該一起吃晚飯。他不能不覺得淡淡的悲哀，為珮瓊，為自己，為兩個人的萍水相逢。

第十三章

珮瓊消失了。

本來約好了晚上一同見張姨的，但是她遲遲不見蹤影，手機也一直關機，蕭鳴估計她是臨時有事來不了，便和張姨簽了合同，繳了租金和押金，拿了鑰匙。回到賓館，夜色已深，他再撥打珮瓊的手機，對方的鈴聲響起，單調地重複著，但沒有人接聽。

怎麼會一直都不接聽呢？該不會是出什麼事了吧？

也許她是睡著了，睡得那樣沉，鈴聲也喚不醒。那麼，還是不要打擾她了，明天早晨再打吧。

他迷迷糊糊睡著了，做了一串不連貫的夢：一列火車緩緩駛出車站；一隻貓慵懶地趴在一座鐘擺來回晃蕩的大鐘底下；一片低矮的中式、歐式混雜的建築，人們表情木然地進進出出；一次重要的升學考試，試卷上的題目他一道也不會做；一排高高的鐵塔，纜車慢慢悠悠地依次來回，但纜繩……纜繩眼看就要斷了。

次日上午，他繼續撥打珮瓊的手機，依然是鈴聲作響卻無人接聽。一次、兩次……在徒勞地撥打了十次電話之後，已是正午，他怏怏地走出賓館去吃午飯。手機響了，有簡訊。

「我決定離開北京，現已上火車，請不要再聯繫我，祝萬事如意，珮瓊。」

太意外了。

但其實也不全然是意外，昨晚，當她在計程車裏自言自語，說自己「像電影一樣生活」的時候，他就隱隱覺得不對勁了。只是萬萬沒有想到，會這麼快。

房子已經租下來了，畢竟是要住進去的。

他買了鍋碗瓢盆和床上用品，在朝南的大房間安頓下來，朝北的小房間先空著。他原來想把小房間的門長期鎖上，這樣彷彿就只是一居室，不會顯得過於空闊，讓心也覺得空落。但他很快發現，為了南北通風，有必要經常打開小房間的門。而且，站在小房間未曾密封的北陽臺上眺望曠野，是非常愜意的享受。

第十四章

週日下午，秋光明媚。

張姨用抹布把房間的每個角落都擦得一塵不染，累了，在沙發上坐下，從茶几上的果盤裏拿起一根香蕉犒勞自己。

這是一間寬敞的三居室，位於一棟塔樓的第十層。家俱基本上都是新的，廚房和客廳之間的牆打通了，改裝成了一個吧檯，兩間臥室的門也都改成了推拉門，書房裏的書架上除了書以外，還有幾件從潘家園淘回來的青花瓷瓶子。

兒子在廣州上大學，丈夫又去外地出差了，這套偌大的單元房裏只有她一個人。

張姨吃完香蕉，下樓去小區門口的超市買鹽。那是一家面積五十多平方米的小超市，老闆是一個白白淨淨的中年女人，說得一口江浙口音的普通話，總是客人一進門就忙不迭地打招呼，嘴很甜。不過，張姨雖然見過兩個也是說話帶著江浙口音的年輕男店員，卻從來沒有見過一個理應在店裏收款或進貨的中年男人。

張姨走進超市，今天老闆不在，一位十五六歲濃妝豔抹的女孩坐在收銀臺前，一邊嗑瓜子，一邊用筆記型電腦看電視劇，見到有人進門，冷漠地掃了一眼，又接著看電視劇。

張姨第一次見到這女孩是在今年夏天，那時一個年輕的女店員像丫環一樣恭敬地在店裏給她紮辮子，她則顯得相當矜持。她顯然是老闆的女兒，想必是初中畢業不再上學了，從老家過來的。

張姨抑制住心中微微的不快，向貨架走去，只見一個黑黑瘦瘦的小夥子站在貨架前，拿起一樣東西，放下，再拿起另一樣，又放下。如此三番五次，眼睛卻一直偷偷瞄著收銀臺前的女孩。

張姨認出來了，他是山西燒餅店的少東家。那家燒餅店和這家超市相距大約二十多米，說是店，其實只是一個八九平方米的小門臉，一家三口從早到晚做各種餅。當爹的看上去老實而陰沉；當媽的略微開朗些，但也不愛說話；這兒子大約十八九歲，臉上長滿了青春痘，眉宇間仍是一股愣氣，還沒有學會低眉順眼地活在世界上。

張姨若無其事地拿起一包鹽，向收銀臺走去。

第十五章

週一上午，蕭鳴來公司上班。芷琪一見他便問，是否租到房子了？是哪裏的房子？

蕭鳴據實以告，芷琪的眉頭迅速蹙了一下，似有些許失望，但迅即恢復了怡然之色。她又問他租的是一居室還是兩居室，他略一遲疑，再次據實以告。芷琪突然樂不可支。

「得得得，我乍一聽還以為你要當隱士呢，原來你是金屋藏嬌。」

蕭鳴被她說中了心事，臉霎時紅了。

「開個玩笑而已，我知道你需要一間書房。」

她一邊說，一邊起身給他斟了一杯茶，臉色突然變得有些遲疑。

「你還記得方炬嗎？」

蕭鳴心頭一悚：「當然，我記得。」

「我讀研究生的時候他還經常給我寫信，後來就消失了。可是半個月以前我又收到了他的一封信，是寄到這裏的。說什麼『我要拯救你，把你救出火坑』之類的話。」

「這你不需要理他。」

「我是沒有理他。可是，上週四晚上，我下班回家，在公寓的游泳池裏游泳，忽然一個身影在水下迎面向我游來，相遇的時候碰了一下我的手臂。我心裏一驚，立刻浮出水面，想要看個究竟。這時那個身影已經轉身去深水區了，故意不讓我看到他的臉。但我感覺他就是方炬。我當時很不安，就匆匆上岸回家了。」

芷琪的眼神暗了下去，聲音難以抑制地顫抖，蕭鳴意識到這是自己第一次目睹她的恐懼。

「第二天早晨，我去公寓的地下車庫開車，剛進車坐下，就在後視鏡裏看見了他，我連忙下車張望，人影卻消失了。我喊了幾聲『方炬，是你嗎？』沒有人回應，但我可以感覺到，車庫裏有人，就躲在離我的車不遠的地方，我甚至可以清楚地聽到輕微的呼吸聲。我進車庫的時候並沒有人尾隨，並沒有腳步聲，所以他肯定是事先就埋伏在那裏。我回到車裏，開出車庫。晚上回家的時候，我先把車停在公寓附近，看到有別的車子進車庫，才跟著進去，然後許多人一起進公寓上電梯。今天我都沒有開車來上班，是打車來的。」

「他……他為什麼這樣？」

芷琪笑了，但卻掩飾不住焦慮的陰影。「如果他還是一個正常人，我是不會怕他的，但他現在顯然已經不正常了。」

「他在信裏說他要拯救你？」

「沒錯，他是這麼說的。」

蕭鳴耳畔又縈繞起地鐵站入口處賣唱的歌聲。但是不知為什麼，他不願告訴她這一幕。

「讓我來處理這件事吧，我會找到他，讓他明白事理的。」

芷琪眼中掠過一絲深深的羞澀與感激。

「謝謝，其實我一直都隨身攜帶臺灣製的防狼噴霧，我只是不想讓事情發展到那一步。」

「也許他把你不給他回信當成了某種默認。」

「默認什麼？默認我需要他拯救嗎？他憑什麼認為我離婚了就一定要痛苦？」

蕭鳴不言語了。他回想起和芷琪久別重逢的那個晚上，昏暗的燭光下，她雲淡風輕地告訴他，她從前的婆婆是如何不喜歡她，她的前夫是如何背叛了她，她又是如何因為痛痛快快地離婚而得到了兩百萬元存款和一處房產。當時他既驚詫又痛苦，只是那種感覺被他硬生生壓下去了，現在卻又像霧靄一樣瀰漫開來。

第十六章

蕭鳴在北京各個地鐵站找了整整三天，一直沒有找到方炬的蹤影。也許他不在地鐵站賣唱了，也許賣唱並非他的謀生手段，只是偶一為之。所幸芷琪來簡訊說，她和他交談之後便不再恐慌了，如果再和方炬狹路相逢，她相信自己一定可以從容應對。

下雨了，氣溫驟降。上午，蕭鳴原本不想出門，卻收到了芷琪的簡訊，要他中午趕到公司參加一個小型午宴，因為有一位重要的賓客來訪。

午宴是在公司精緻的小會議室裏舉辦的。一張圓桌，從附近的飯店訂了一桌豐盛的菜肴；四把椅子，分別坐著芷琪、蕭鳴、陸雲，還有客人周阿姨。芷琪沒有透露周阿姨的姓名和身分，只介紹說她是公司幾個項目的主要投資人，包括蕭鳴策劃的那部動畫片。

周阿姨看上去五十出頭，實際年齡也許更大一些。她中等身材，燙著短髮，臉長而方，戴一副無框眼鏡，衣著樸素，坐姿端正，宛如一位執教多年的中學校長，不乏親和力，但更予人嚴肅之感。她對芷琪頗為親昵，對蕭鳴和陸雲則非常有禮，彷彿這兩人不是晚輩，而是平輩。她帶來了一瓶紅酒，說是上個月去法國的時候一位朋友送的。

四個人都喝了一點酒。雙頰微紅的陸雲，漂亮得令人心醉，但小酌之後的芷琪卻更是令人驚歎而不敢久視。周阿姨親切而詭秘地朝蕭鳴使了一個眼色，意思是「你真幸運」。

周阿姨開始說她的想法了。她先說明，自己接下來所說的話都是旨在拋磚引玉，期待批判。她覺得現在國內的文化生態是很糟糕的，主旋律的宣傳作品早已形同僵屍，甚囂塵上的後現代思潮又不能提供意義和價值。她聲明自己在所有具體問題上都很開放，都市可以有紅燈區，中產階級可以換妻，同性戀人可以結婚，一切否定百花齊放的做法都是偽善的，而偽善是最可恥的。

「但是——」周阿姨在說到「但是」的時候加重了語氣，「在所有禁忌都被打破，所有本能都得到張揚之後，是否還需要集體主義，還需要犧牲小我成就大我的精神境界？」

蕭鳴走神了。會議室裏的氣氛是溫暖明亮的，芷琪芬芳的氣息彷彿令空氣都漾起了漣漪。窗外卻是濃雲密佈，秋雨連綿。他驀然想起佩瓊，不知她現在身在何方？

陸雲發言了，她的普通話帶一點吳儂軟語的印跡。

「集體主義是一種價值，犧牲小我成就大我是一種境界。但是，我父母那一代人曾經非常相信集體，相信單位，卻在中年的時候經歷了單位的轉型和集體的瓦解。很多人說，集體主義是計畫經濟的產物，或者計畫經濟是集體主義的產物，總之兩者相輔相成。既然現在中國已經加入了WTO，已經走上了市場經濟道路，每個人都是在市場上找工作，每個企業都根據市場的需要招工或裁員。那麼，現在還能想像——更不要說建設——怎樣的集體？」

周阿姨問：「你父母現在都好嗎？」

「我父母幾年前都去香港了。爺爺五十年代去香港，奶奶留在大陸，父親由奶奶養大，奶奶過世之後，爺爺讓父母去香港，繼承一部分家產。」

「那你為什麼不跟他們去香港呢？」

「香港是文化沙漠啊，再說我也不想見我爺爺的第二個老婆。我不像我父母，什麼都能忍。」

周阿姨贊許地點點頭。

「集體主義可以是精神性的。」短暫的沉默之後，周阿姨說，「集體主義可以和市場經濟並行不悖。因為市場不是全部，在市場之外我們還需要社會。集體主義並不意味著平均分配，而是可以有富人，有窮人，當然這裏所說的窮人只是相對而言，並不是真的貧窮。關鍵在於，集體可以讓富人和窮人在精神上平等，因為他們同屬於一個集體。而在市場上，窮人永遠不可能與富人平等。」

「那麼法治呢，法治不是能夠帶來平等嗎？」陸雲窮追不捨。

周阿姨微笑了，恰如一位循循善誘的老師寬容學生提出的幼稚問題。

「請律師是要花錢的，富人可以請到好律師，可以逍遙法外。當然，中國需要發展法治，正如需要發展市場經濟。但法治和市場經濟一樣，都只是提升效率，並不能帶來真正的平等。」

「打個比方吧，」芷琪開口了，她總是能迅速抓住本質而又賦予生動的形象，「高檔商場是對所有人開放的，每個人都可以在櫥窗前盡情流連，想待多久待多久，但並不是每個人都能買得起櫥窗裏的商品把它們帶回家。所謂法律面前一律平等，指的就是每個人都可以進入商場的那種平等，但那並不是真正的平等。」

周阿姨贊許地看著芷琪。但是，蕭鳴覺得，那贊許中又隱藏著些許憂鬱，纖細的、但卻是很深的憂鬱。一個秀外慧中卻又離婚獨居的妙齡女子，也許總是不免讓人擔憂的吧，但周阿姨的憂鬱彷彿又不盡因此而起，彷彿有著更深的緣由，那是為什麼呢？

「但我還是不明白，現在還能建設怎樣的集體呢？」陸雲問。

「需要精神領袖，任何時候建設集體都需要精神領袖。」周阿姨的聲音很慢很輕，卻似有千鈞之力。「猶太人出埃及離不開摩西，印度人獨立離不開甘地。現在很多右派說文革的教訓就是不能崇拜領袖，這是矯枉過正。文革的真正教訓是一個人不能既當精神領袖又統攬一切權力，精神領袖應該退居二線，具體工作由一線的人負責，甘地和尼赫魯就是這樣分工的。」

「可是……可是精神領袖是怎樣誕生的呢？」蕭鳴忍不住問。

周阿姨意味深長地笑了。

「天命，最終要靠天命。現在社會轉型如此急劇，社會矛盾如此複雜，不出十年，天命就要來了。」

第十七章

送走周阿姨之後，芷琪將蕭鳴領進自己的辦公室。

她將座椅轉了九十度，身體和目光都朝向窗外，讓蕭鳴對她的曲線一覽無餘，那曲線正隨著呼吸微微顫抖。

「我想我應該告訴你，我和周阿姨之間的故事。」

事關家族史。蕭鳴以前知道芷琪出生於一座沿海城市，也知道她父親在她童年時不幸早逝，但卻不知道她祖父當年曾經是北京一所重點中學的教師，因為出身「小資產階級」並且對出身「資產階級知識分子」家庭的學生頗為照顧，文革初期被那所中學的一幫由幹部子弟組成的「聯動」紅衛兵關押虐待，很快便淒涼下世。妻子帶著當時也是中學生的獨生子調動工作，來到了那座沿海城市，那孩子便是芷琪的父親。而周阿姨，便是當年虐待芷琪祖父的紅衛兵頭領。

「那她豈不是你的仇人嗎？」蕭鳴詫異地打了個寒噤。

芷琪淒然微笑，轉臉看了他一眼，又將目光投向窗外，神情中有一種謎樣的安詳。天色更暗了，黑雲壓城，雨聲大作。

「按常情說，確實是仇人，但她早就向我懺悔，我也早就原諒她了。」

她讀研究生的時候，一個偶然的機會，在一個政商學界互動的論壇上認識了周阿姨，後者當時就非常喜歡她。其後的曲折經過，芷琪沒有敘述。總之周阿姨終於知道了芷琪的身世，知道了芷琪的祖母和父親都已去世，為之唏噓不已。那時芷琪新婚不久，她約芷琪到她家裏，將往事和盤托出，老淚縱橫地請她原諒自己，表示願意盡一切力量贖罪。

「我當時心情很亂，沒有表態。對於爺爺的往事，奶奶生前一向諱莫如深，連我媽媽都不知道。我上高中的時候奶奶去世，她性格剛強，到最後也沒有告訴我這些事，因為她希望我可以沒有陰影地快樂成長……」芷琪的淚水奪眶而出，她不好意思地笑了一下，掏出手帕拭淚。

「不管怎麼說，周阿姨有勇氣懺悔，我還是很尊敬她的。但那時也拿定了主意，不再跟她交往，倒不是因為仇恨，而是因為不知道該用什麼方式和她相處。」

不過，她很快便陷入了與婆婆和丈夫的戰爭，孤立無援。一個平民家庭出身的女子，怎麼鬥得過高幹家庭呢？她婆婆，那個瘦小乾枯的老女人，甚至四處散佈謠言，說她是狐狸精。

周阿姨在這時出手相救。憑借她的影響力和深厚人脈，不僅讓芷琪保住了名譽，還讓那個瘦小乾枯、目光像刀鋒一樣犀利的老女人主動交出了兩百萬元存款和一處房產。從此，周阿姨就真的成了芷琪的「阿姨」。芷琪當上這家文化發展公司的總經理之後，周阿姨便成為主要投資人。

蕭鳴回想起周阿姨注視芷琪時的憂鬱，那是一個懺悔者的憂鬱嗎？好像是，但又好像沒有那麼簡單，而是更複雜，更深不可測……

「現在她最操心的就是我的個人問題。」

周阿姨像嫁女兒一樣，為芷琪制定擇偶標準，目標是她那個圈子裏的四十歲以上、有政治前途的官員。這個年齡段的正常男人當然都已經至少結過一次婚，沒關係，男人總是要等到功成名就第二次結婚才會心疼女人；年長十五六歲，也恰好可以彌補芷琪童年喪父造成的不安全感；更重要的是，只有過了四十歲，才能判斷一個男人是否真的有前途。商人是不能嫁的，因為再大的公司也有可能倒閉，再大的老闆也有可能傾家蕩產；也不能嫁學者，難道要過一輩子清苦的日子？

芷琪是用一種俏皮揶揄的口吻講述周阿姨的擇偶標準的。但是，蕭鳴分明感覺到，她對這套標準並無反對之意，甚至是從內心深處認同。她在講述的時候一直注視窗外，一直沒有正視他。難道她不是刻意避免和他目光相接？難道她不知道她的這些話會像隆隆的車輪一樣碾碎他的心？他正躺在她人生的軌道上，任憑風馳電掣的車輪從他身上疾馳而過……

第十八章

下班的時候雨停了，空氣益發清冷凝重。蕭鳴不想在午夜之前回住所，在一家速食店隨便吃了晚飯，便獨自穿大街過小巷，在城中徘徊。

車燈、路燈和店鋪招牌的燈光在霧氣裏朦朧著，宛如飄散的灰塵。鋼結構的大廈一座接一座，像一頭頭龐然的巨獸，在暗夜裏沉默地宣示著各自的權威，蔑視卑微的行人。行人大多是匆匆趕著回家的，但是每十個人中間就會有一兩個人，彷彿剛剛從白晝的沉睡中醒來，正要開始新鮮而刺激的夜生活。

蕭鳴漫無目的地走著。行人越來越稀少了，漸漸地，他在路上遇到的每一個人似乎都是剛從白晝的沉睡中醒來，興致勃勃地準備投入到夜生活中。身邊的外國人漸漸多了起來，不遠處傳來一陣重金屬樂器和尖叫嬉鬧混合在一起的聲音。循聲望去，在幾棟高聳的歐式風格的公寓樓之間，有一座城堡式的二層小樓，樓下是店鋪，樓上是酒吧。

蕭鳴猶豫片刻，踱步上樓推開酒吧的門。裏面摩肩接踵，黑壓壓全是人。樂隊在小舞臺上演奏著，音量很大，剛好可以不被嘈雜聲淹沒。黃色、藍色、紅色的燈光旋轉著，光柱可及之處倏爾明亮，倏爾昏暗，其餘的空間便都一直昏黑。蕭鳴擠進靠窗的一個幽暗角落站定，沒有人在意他，沒有人理他。屋裏大部分都是或白或黑的外國人，很多都在興奮地叫喊或是大聲說話，也有一些人像潮水中的磐石一樣沉默。

蕭鳴猛然看見了她，她坐在靠近舞臺的一個高腳凳上，倏然陷入昏暗。不，那不可能，一定是他看錯了，她怎麼可能在這裏呢？但他的心還是驀然提到了嗓子眼，激出一身冷汗。他屏息凝神，等待著那個熟悉的身影再度被照亮，等待著確信自己看錯了人。

黃色的光柱掃過來了，千真萬確，確實是她。她穿著襯衫，西裝放在膝蓋上，頭髮凌亂，烏黑的眼珠似乎向眼眶外突出，注視著樂隊的表演，身體隨著音樂的節奏上下左右搖擺，柔軟而舒展。一個身材高大的年輕黑人坐在她身邊，試探著摩挲著她瘦削的肩膀，在他的身形襯托之下，她顯得格外凹凸有致。在藍色的光柱下，她宛如一條嫵媚的美人魚；在紅色的光柱下，她彷彿一朵盛開的紅蓮花。那個黑人的撫摸更加恣意了，她陡然掙脫，轉過臉跟他說了一句英文，神情恢復了平時的莊重，光線又暗下去了。當黃色的光柱再度掃來，她卻已經戲謔著和那個黑人用英語對話，神采飛揚，顧盼自得。在藍光下，她忽然笑得很誇張，眼角甚至都在一瞬間漾起了細微的皺紋。

是的，那是芷琪，但卻是他從未見過、無法理解的另一個芷琪。他一向以為她是莊重的，對於不知底細的陌生人是回避的，對於想要誘惑她的人是難以接近甚至冷若冰霜的。他不止一次見過她目睛流轉的歡笑，但他難以想像適才見到的那種令她眼角皺起的誇張的笑。他全身的血液似乎都凝固了，再也聽不到任何聲音，似乎正在寂靜的海水中下沉，下沉，下沉……

然而，與此同時，他的另一個自己卻又深深地被這個他從未見過的芷琪所吸引。甚至，甚至彷彿他的女神早就知道他正在角落裏窺視，她做的一切都只是為了讓他看見，為了饜足他的目光——在藍光下，她再度轉過臉去注視樂隊，那個黑人摟住她的腰，伸出舌頭舔她小巧的耳朵；在紅光下，她閉上眼睛，長長的睫毛和身體的曲線都輕微地震顫著，那個黑人的手伸進她的衣襟；在黑暗中，他看見少女時代的她，瘦削纖弱，在風中搖曳……

在黃光下，他看見她睜開眼睛，斜睨著那個黑人，說了一句英文，從口型看是「Let's go」。那一瞬間，她面部的線條變得剛硬甚至冷酷，彷彿即將與人決鬥的女武士；眼神卻極其鬆散迷離，恍若夢遊。兩種似乎相互衝突的神情糾結在一起，看上去那麼不自然，卻又那麼神秘而魅惑。她起身穿上西裝，那個黑人得意地摟著她向門外走去，消失在擁擠的人群中，音樂和嬉鬧的混雜之聲在他耳畔重新響起，震耳欲聾。

想從人群中擠出去跟上他們是不可能的，他只能轉身憑窗，注視街道。地上散佈著一灘灘水跡，反射著晶瑩的燈光。他看見她和那個黑人走到人行道上，在一輛暗紅色轎車前停下。那正是大約十天之前，她去後海看他時所駕駛的那輛轎車。她開門坐進司機的位置，那個黑人從另一側開門，坐進副駕駛的位置。

暗紅色轎車開走了，擾動了水跡裏的燈光，片刻之後，那些凌亂的漾動的光芒又靜了下來。

第十九章

這是城郊一座廢棄的國營工廠的廠區，除了少數廠房仍用作庫房之外，大部分房子都空置著，只有零星幾間對外出租，給藝術家當工作室。大門口的傳達室按說應該有保安晝夜輪流換崗，但基本上形同虛設。到了夜晚，院內許多路燈為了省電都不亮，更顯得陰森靜謐。

方炬站在一座空置樓房的二層陽臺上，注視著對面一座獨立的平房。他知道她今夜會來這裏，傍晚他跟蹤她，看見她進了一間外國人聚集的酒吧，就知道她隨後肯定會來這裏。這是她的一間密室，每次她和酒吧裏萍水相逢的外國人幽會都是來這裏。如果去她家，或是去酒店，都會被監視器拍到，都會留下痕跡，而這個院子裏沒有監測係統，她可以讓自己的另一面不被人發現。這間平房也是她的畫室，她週末白天常常來這裏畫油畫，但是顯然也不想讓別人知道。

鎖是密碼鎖，每次她開鎖之後，都會用紙巾把所有按鈕都擦一遍，這樣別人便無法根據按鈕上的灰塵和指印來判斷密碼是哪幾位數字。不過，方炬早就從幾個不同的角度，偷偷拍下了她開鎖的視頻，根據她手指的動作破解了密碼。

給她寫信約見面，她一直沒有回信。其實不回信也沒有關係，如果她就此幡然改過，不再去酒吧裏尋歡放縱，那麼，他會滿足於做一個靜靜的窺視者，永遠隱身，絕不干涉她的生活，甚至連窺視都可以放棄。

拯救就在今夜。

多年前他曾經幫一個鄰家女孩戒過毒。那女孩吸毒上癮的時候拿著刀逼父母要錢，抽兩口過癮之後，又痛哭流涕跪在父母面前求他們幫她戒毒。幾番反覆，她父母都完全絕望了，想要趁那女孩睡覺的時候用被子把她悶死。剛好他從北京回老家，知道了這件事。他素來是不信邪的，聽說那女孩吸毒不到半年，就勸她父母試試最後一個辦法，把她捆起來強戒。經過一個多月地獄般的掙扎之後，那女孩竟然真的好了。緊接著她父母把她送到外地打工，遠離毒品源。聽說那女孩後來再也沒有吸過毒，日子過得很好。

戒斷情慾和戒斷毒癮，其實也沒什麼分別。

頭又彷彿就要裂開似的痛，脊椎時時冒出凜凜寒氣。自從得知自己是愛滋病毒攜帶者以來，他便無時無刻不在擔心，那些病毒還會潛伏多久？他的身體還可以支撐多久？

他是在那次電視選秀節目入圍全國決賽的前夕得知自己的檢測結果為陽性的，此前他一直以為自己的發熱、消瘦、腹瀉、淋巴發炎等種種症狀都是比賽過於勞累所致。他放棄了參加全國決賽的資格，因為一個愛滋病毒攜帶者絕對不可以出名。出名了，所有的隱私都會被挖出來，無盡的屈辱與痛苦會將他的生活變成地獄。

從那以後，他就淡出了音樂人的圈子，只是偶爾在地鐵站、街邊公園之類的公共場所自彈自唱。他變成了一個嚴格按照責任感來生活的人，修復與父母的關係，雖然他們從未原諒他的退學；

規勸幾個表弟好好做人，雖然他們絕不會以他為榜樣。除了這些由血緣賦予的責任之外，還有一個女人也是他必須負責的，他覺得。

一陣寒風吹過，梧桐樹葉再度蕭蕭下墜。

上大學的時候他一直瘋狂追求她，她一直對他冷若冰霜。然而，當他在畢業前夕因為在補考中作弊而被勒令退學之時，在一片幸災樂禍的同學中間，唯有她的神情是關注、同情而悲傷的。有幾次她顯然是在給他製造搭訕的機會，但是，出於自尊和羞愧，他卻總是裝出一副滿不在乎的樣子避開了。

退學居然也有一套繁瑣的手續，要像畢業生一樣拍照片，辦肄業證，把檔案轉回原籍。他實在不願意跟系辦公室和學校行政樓裏的一幫面目可憎的老師打交道，他知道自己受不了那些人鄙夷的眼神。他放任自己盡可能拖延時間，她卻主動找到他，告訴他只要把該填的表格填好了交給她，她可以替他去系辦公室和學校行政樓辦手續。

多謝她出手相助，使他沒有經受一幫庸人的羞辱便順利退學。但是，當他把那些必須填寫的表格交給她，以及幾天之後從她手中接過肄業證的時候，他都故意表現得格外冷漠，不僅絕無半分笑容，甚至彷彿對她隱含一絲厭憎。她的態度則始終是坦誠、友善而有分寸的，很注意不刺傷他的自尊心。

兩年以後，他的樂隊頗有起色，他相信自己也歷練得內心足夠強大了。他知道她正在讀研究生，給她寫了封情詞懇切的信，約她見面一敘。他惴惴不安的心情很快便有了著落，她雖然沒有回信，卻如約前來。

那是一個蟬鳴悠遠的夏日下午，她穿著白襯衫、黑褲子，依然是清純的學生氣，依然長髮披肩。她的眸子閃閃的，流露出關切和信任，令他受寵若驚。他們在一間小咖啡館裏聊天，先是一起喝咖啡，後來又一起吃了比薩當晚餐。他談自己的演出、自己的樂隊、自己的音樂、自己的理想，她的神情越來越專注，漸漸流露出一絲崇拜。夜幕降臨，桌上點起了紅蠟燭，她說起自己彈鋼琴的經歷，說起自己心儀的唱片，身體漸漸變得非常放鬆，神采飛揚。

咖啡館打烊了，他們一起走到街道上。她忽然拉住他的手，臉紅紅的，異樣地凝視著他，說：「我們找一家酒店，開一間房，繼續聊，好不好？」

他一下子怔住了，先是確信自己並未聽錯，然後迅速得出結論，她就是要找個地方繼續聊天而已，不可能有更多的含義；隨即他意識到了自己奔湧的慾望，如果今夜同處一室……

不，他不能那樣，如果那樣的話，他一定會難以自控，做出傷害她的舉動，破壞她來之不易的對他的好感。他又裝出一副滿不在乎的樣子，說：「今晚我有事，以後吧。」

話音未落，她的手驀然縮了回去，但立刻又笑了，說：「那好，你忙你的，以後再聊。」

以後……沒有以後了……

以後他又約了她好幾次，她都沒有回音。他的樂隊發生內訌，出了許多事，使他無暇想她。後來，他聽說她交了一個家世很好的男朋友，便漸漸死了心。人在江湖身不由己，他也過起了放浪形骸的生活，因為相信幾位朋友鼓吹的「不戴保險套才有純天然的感覺」，他竟鬼使神差地染上了那種病毒……

真是追悔莫及啊。

自從知道自己是一名愛滋病毒攜帶者之後，他就失去了性的需求，再也無法勃起。他像一個被判了死刑的犯人，生命不是被當作生命本身來體驗，而是被當作死亡的灰色前奏來體驗，而這前奏又似乎無比漫長，度日如年。

然而真正令他墜入痛苦深淵的，卻是春天的時候在一間酒吧裏偶然撞見的那一幕場景。她跟一個白人恣意地調情，並且一同驅車離去，當時他簡直不敢相信自己的眼睛。他用各種方式向每一個可能的知情者打聽她這幾年來的經歷，得知她離婚了，得知她當初結婚幾乎肯定不是出於真愛。

就像在裝滿無色溶液的試管中滴入一滴藥水便凝成色彩斑斕的結晶一樣，他忽然讀懂了當年她那異樣的目光，讀懂了她說要跟他開房聊天的全部含義。他竟然那樣無知而輕率地錯過了人生中最美好的機遇。要是他那時就接受了她的愛情，後來她就不會因為精神空虛而耽於享樂，陷入火坑。他必須對她負責，拯救她，是他的責任。

第二十章

那輛暗紅色轎車在門前停下，她和一個黑人走進那間平房。窗簾太嚴實了，他們想必已經開燈了，從外面卻看不到一點燈光。

頭痛欲裂的感覺更厲害了。如果不是事先預演了很多遍，每一個環節、每一個動作都已經訓練成為肌肉的本能反應，憑他現在的意識狀態，是絕對無法完成這次拯救行動的。記住，你需要的是理性，嚴密的理性，又穩又準又狠地控制整個進程，不能受一絲感情干擾，不能有一點自我懷疑。一個普通人是絕對做不到這些的，但你可以，因為你是愛滋病毒攜帶者，生命對你來說僅僅意味著無盡的折磨，你已經將生命置之度外。

他戴上黑色的保暖面罩，臉上只有雙眼露在外面。他走到平房門口，環顧四周，確定沒有其他人。他打開密碼鎖，躡手躡腳推開門。

進門的大廳就是畫室，地上擺著一幅幅油畫，那個黑人正在聚精會神地欣賞。浴室裏傳來嘩嘩的水聲，一定是她在洗澡。感謝上蒼，現實比他預想的最佳情況還要好，他悄無聲息地走到那個黑人身後，揮起緊握的木棍，出擊的姿勢和力度是早就訓練好的，一棍打在後腦勺上，再一棍掃在腰上。

那個黑人驀然倒地，還來不及咕噥一聲，便昏了過去。墜落的身體與地板碰撞的時候發出一聲沉重的悶響，她在水聲嘩嘩的浴室裏顯然並沒有聽見。

這一棍下去沒有血流出來，血都淤在皮膚裏面。他用帶來的繩子捆住那個黑人的雙手雙腳，上死結，趕在浴室水聲停止之前完成規定工作，然後悄悄閃到浴室門邊。

聽腳步聲，她走出浴室了。

正如他估計的那樣，她驀然發出一聲驚叫，但聲音迅速中止，因為他迅速從後面用右臂摟住她的腰，左手將準備好的一團布塞住她的嘴。

記住，穩、準、狠。

她喉嚨裏發出急促的嗚嗚聲，裹身的大浴巾滑落到地上，渾身赤裸，冒著熱氣。她試圖扭頭看清他是誰，但他立刻用左手掐住她的脖子。他鬆開摟腰的右臂，在她頭上紮了一條不透光的毛巾，蒙上她的雙眼——這不是為了防止她認出他是誰，而是為了防止自己在行動過程中無意中看到她的眼睛，她的目光一定會令他落荒而逃，一定會令他無法履行使命。

記住，不能受一絲感情干擾，不能有一點自我懷疑。

在驚嚇中，她身體僵直，任其擺佈。他拿出攜帶的繩索，反綁她的胳膊。

現在她的汗水流出來了，瞬間渾身濕透。她終於從驚嚇中反應過來，開始瘋狂掙扎。他將她按倒在地上，她的雙腿拚命地踢騰著。他似乎費盡了平生所有的力量，才把她的腿綁起來。

在整個過程中想要不感覺到她肌膚的細膩溫軟是不可能的，但是這並沒有妨礙他的理性。因為作為一個終日心神不寧的愛滋病毒攜帶者，他對生命本身的感覺早已磨損，早已鈍化。他終於完成了這一切，坐在椅子上，喘著粗氣。

她躺在地上的汗水淋漓、紅潤如霞的身體忽然停止了掙扎，打了一個深深的冷顫。她一定已經猜到了他是誰，並且從喘氣聲中確認了他是誰。她的眼睛被毛巾封住，看不到表情，鼻樑布滿汗珠，上下起伏，呼吸急促。

妳認出我、妳恨我都沒有關係，我不是來傷害妳的，我是來拯救妳的。我是不忍心看著妳繼續放縱下去，我要承擔起對妳的責任。我的所作所為只是要妳厭惡那種快樂，戒除那種需要。就像我在信裏對妳說過的，我要救妳出火坑。

但是，但是嚴密的理性裂開了一條細紋，因為她氤氳的芬芳刺激著他的鼻孔，那不再是香水的氣息，而是空谷幽蘭般的真正體香。他情不自禁蹲下來，凝視她凹凸玲瓏的赤裸胴體，伸出手，試探她劇烈起伏的雙乳……

手在空中猛然停住。他轉身去臥室拿了一床被子，蓋在她身上。從她的西裝口袋裏找到鑰匙串，把黑人拖出門，摘下面罩，打開轎車的車門，費力把黑人推進車的後排座位，這樣即使有人看見，也可以解釋說這個人喝醉了。周圍其實根本沒有人。

他驅車駛出大院，走了十分鐘車程，停車將那個依然昏迷不醒的黑人丟在路邊。他沒有忘記用刀切斷捆綁那個黑人手腳的繩子，揣在口袋裏，不能留下任何物證。

他回到平房門口，停下車，打開密碼鎖推門而進。她已經不復躺在地上，而是顫抖著蜷縮在牆角，身體依然赤裸，胳膊依然反綁著，雙腿依然捆綁著，眼睛和嘴依然緊封著。在她身邊的一個畫架上，擺放著一幅尚未完稿的油畫，畫的是蔚藍天空下紅紅白白的罌粟花。

看著她蜷縮的身姿所體現的無助與卑順，想到她在他離開的二十多分鐘裏是如何掙扎著躲進牆角，他心中陡然升起一陣愛憐。他決定不再塞住她的嘴，聽她說話。

這原本不是計畫的一部分，他原本計畫在整個過程中不給她任何說話的機會。原計畫是他在臨走前用一把小刀輕輕觸摸她的臉頰，然後「哐啷」一聲把刀扔在她身邊，讓她在他離去之後可以摸索著拿到那把刀，割斷繩索。

但是，現在他才體會到，一次徹底沉默的行動是多麼難以忍受。他需要傾聽，需要通過她的反應來證明自己。她也許會問他是不是方炬，也許會不問他是誰，直接向他求饒。他走到她身邊蹲下來，準備取出她嘴裏的那團布。

他沒有想到，她已經用一把原先擺放在畫架旁邊的油畫刀割斷了反綁胳膊的繩索，這把使用多年的油畫刀，刀口已經很鋒利，現在就握在她藏在身後的手裏。他的手剛剛觸及到她的臉頰，她便將油畫刀刺向他的胸口。

一陣痛楚之下，他感到鮮血從傷口洇出來了。油畫刀只是在鎖骨下方戳了一個小口子，並不深，並不致命。但是他忽然意識到他是不可以流血的，他的血是有病毒的，天哪，他不可以用自己的血污染這裏。油畫刀還插在他身上，一旦拔出，鮮血就會流出來，會滴得滿地都是。他費力掰開她握刀的手，在手被扳開的那一刻，她發出長長一聲既像喘氣又像哭號的顫音。

他匆匆起身衝出門外，跑過燈光搖曳門衛昏睡的傳達室，跑到空蕩蕩的公路上。在路燈慘淡的光芒下，他忽長忽短的影子和搖晃擺動的身體一起漸漸消失在遠方。

第二十一章

「我們找一家酒店，開一間房，繼續聊，好不好？」

這句話一直在他耳畔回蕩，但是，漸漸地，好像變成了一個男人的聲音，是一個男人在說這句話。他猛然停下腳步，那是他自己的聲音，是他自己在說這句話！

那天不是她要跟他開房，而是他自己過於莽撞地提出要跟她開房，所以她才沒有再找他！

他痛苦地抱著頭在路旁蹲下，天旋地轉。蹲下還不夠，只有平躺著才稍覺舒服，潮濕的柏油路面寒意沁骨，眼前一片昏黑……

「方炬，是你嗎？……方炬，是你嗎？」

耳畔傳來那個女人微顫的聲音，他瞬間感到一陣欣喜……他躲在一輛越野吉普車後面，窺視她佇立在暗紅色轎車旁的側影，看見她從挎包裏拿出了一個打火機似的物件，似是他在電視廣告裏見過的防狼噴霧，握在右手裏，左手拿著鑰匙打開車門，轎車迅速駛出地下停車場……

水，波光粼粼的水，他迎面向她游去，輕觸她的胳膊，等他游到另一側的深水區再返回時，她卻已經走出泳池，匆匆向女更衣室走去，幾乎失腳跌倒。

還有剛才他費力掰開她握刀的手的時候，她那一聲長長的既像喘氣又像哭號的顫音。

他忽然看清了真相——原來她一直在回避他，一直在拒絕他！雖然她跟他在咖啡館裏聊過一次，但是那次她還是拒絕了他，也許他當時的要求確實有些唐突，然而她並不是一個真的厭惡這種事情的人，她對外國人難道不就是那麼隨便。

路燈慘淡的光芒又進入他的眼睛了，他不禁大吼一聲：

「婊子！漢奸！」

整個拯救行動的出發點，完全是由於他以為她曾經愛過他，而他卻懵懂地錯過了，因此他自覺對她後來的放縱負有一份責任。如果，如果這個出發點本來就是虛幻的，真是情何以堪。

「漢奸！漢奸！」

天旋地轉的感覺漸漸消散了，他開始意識到鎖骨下方傷口的疼痛，血已經洇滿了胸口。

他站起身，繼續蹣跚前行。前方有一條寬闊的公路，路燈又高又亮，雖是子夜，卻還有很多車，主要是滿載貨物的大卡車，間或也有長途客車和計程車。他來到那條公路邊，揮手試圖攔下一輛計程車甚至卡車，但是它們都從他身邊疾馳而過。這也難怪，有誰敢在深夜裏讓一個前胸插了一把利刃的陌生人搭車呢？但他又不能拔出那把油畫刀，那樣一定會血流如注……

不知過去了多少車輛，正當他在絕望中放棄揮手，就要再度抱頭蹲下之際，一輛黑色轎車卻驀然在他身邊停下，玻璃窗緩緩搖下，坐在司機位置的是一個穿棕色風衣的中年男人，揮手示意他上車。

「去醫院？」

「是的，多謝。」

車開動了。車主看上去四十多歲，膚色黧黑，眼睛細成一條線，似乎絕不放光，而是要把周遭所有光線都吸進去，嘴角掛著一絲陰森而嘲諷的微笑。方炬擔心他會問些什麼，然而他一句話都沒有說。

轎車駛進路邊一家小醫院，中年男人領著方炬走進急診室，接著走進一間辦公室，跟裏面的人囑咐了些什麼，然後又回到急診室門口，坐在椅子上發簡訊。包紮好傷口的方炬走出急診室，中年男人站起身，提出開車送他回家。方炬欲言又止，感激地接受了。

轎車拐過幾個路口，前方已是方炬居住的小區大門。

「我到了，今天多虧你救了我，真是太謝謝你了。」

「別客氣，該幫忙的時候當然應該幫忙。」

「你能給我一張名片嗎？」

「你要名片做什麼？」

「我只是想知道應該怎麼聯繫你，好改天報答你。」

「那倒不必了。」

「那你能告訴我你的名字嗎？」

「我姓秦。名字你就不必知道了。」

「好吧……謝謝你，秦先生。」

方炬動情地伸出手來，中年男人笑了笑，勉強握了一下手。方炬推門下車，關上車門，又隔著玻璃窗對中年男人揮了揮手，轉身離開。

第二十二章

中年男人走到幽暗的走廊盡頭，刷卡打開一扇鐵門，走進一間沒有窗戶的小辦公室。一個年近六十的胖子正坐在沙發上，兩眼直直地盯著電腦螢幕。螢幕上，一個美麗的女人雙臂和雙腿都被繩子捆住，躺在地上掙扎著。胖子來回移動鼠標，反覆看這一段。直到聽到兩聲乾咳打破寂靜，他才抬起頭。

「秦廣，這個男的是怎麼回事？」

「我已經派人監視他了，很快就會查清他的身分。」

胖子笑了，笑得有些癡傻：「他為什麼要先把那個黑人運走了再回來？為什麼不直接fuck那個女人？」

「我覺得他並不想強暴，他只是想先懲罰一下那個女人，然後再跟她交流。所以他需要兩個人獨處，不能有第三個人在場。」

「先懲罰再交流？有沒有搞錯？你把我弄糊塗了。」

「很可能他跟那個女人有過某些感情糾葛，他恨那個女人帶人回來過夜。我瞎猜的。」

「有意思……」胖子摸著圓滾滾的下巴，「你打算怎麼處理這小子？」

「我想他應該還是有利用價值的，先留著吧。」
「上次因為技術問題沒拍到，這次又因為這個不速之客沒拍成，你什麼時候才能拍到我想要的東西呢？要是那個女人嚇得從此再也不做那種事了，我豈不是沒有籌碼了嗎？」
「你肯定她一年以後能當上副行長夫人？」
「百分之百肯定。周夜叉是處心積慮要拉攏副行長，那個女人又是這樣一個尤物。當然，我們也樂觀其成，要促成這樁姻緣，為我所用。所以，如果你想留著那個小子，就一定要看好他。」
「我知道。」
胖子從桌子上拿起一張白紙，疊成一架紙飛機，朝空中擲去。紙飛機撞到天花板，墜落在秦廣肩膀上。
「那個女人的祖父是周夜叉當紅衛兵的時候打死的，現在周夜叉扮演那個女人的乾媽，無非是想讓別人相信她已經懺悔了，品格高尚。真他媽假透了！」
秦廣拿起肩上的紙飛機，放在桌子上，說：「也難怪，周夜叉一直都想有所作為，想擁戴新領袖……」
胖子陡然爆出一陣狂笑：「屁話，全他媽屁話。她這幾年大談特談什麼新民主主義，典型的食古不化。世界大趨勢擺在那兒，將來中國肯定是自由主義普世價值。我兒子，我一幫朋友的兒子女兒，都在美國上大學，在華爾街找工作，都是他媽的普世價值的擁護者。不過我跟我兒子說了，現在中國還不能變天，你老爸我現在還得當你眼裏他媽的專制王八蛋，要變天，再怎麼也得等你們這些人屁股坐穩了再變。那時候再怎麼他媽的自由主義普世價值，也是你們這些人說了算……」

第二十三章

方炬醒了。

陽光正在給牆壁鍍上一層金色，太陽就要落山了。

傷口依然隱痛。他起床刷牙洗臉，然後抱起吉他，坐在窗邊懶懶地彈奏，思緒依然沉浸在夢境裏。

「說鄧小平是走資派，一點也不假，現在事實證明他確實就是。毛主席早就說過，資產階級復辟，窮人會吃二遍苦，你看看吧，以往的窮人現在又成了窮人。」他父親氣沖沖的聲音震耳欲聾。

「真是被洗腦了啊……」他冷笑著。

「你們這些年輕人反正不歡迎毛主席，你反正總是說鄧小平好，我們那個時代的人沒辦法，就是對毛主席有感情。」他母親用一種無奈而固執的口氣說。

「漢奸！漢奸！」他在慘淡的路燈下狂奔著。

左手一聲擊弦，身體陡然一顫。他父母沒有說錯，難道她這種隨便委身於洋人的女人不就是資產階級嗎？資產階級復辟，資產階級復辟……

忽然之間，這些年心中積累的很多模糊、沉重卻又無從索解的問題，全都豁然貫通了。資產階級復辟，一個資產階級政權騎在老百姓頭上，一個表面上冠冕堂皇地批評洋鬼子、實際上卻跟洋人投懷送抱的資產階級政權騎在老百姓頭上，這就是一切社會問題的根本原因！

他放下吉他，坐到電腦前，上網搜索與「資產階級復辟」有關的文章。他瀏覽了一會兒網頁，便又抱起吉他，坐在窗邊激動地彈奏著。吝嗇的陽光在弦聲和歌聲中一點一點暗下去，當光線最終消逝的那一刻，他的眼中噙滿了淚水，那是對父母的內疚與思念。

這時，蕭鳴正在一個街角公園裏徘徊。不錯，那正是多年前的那個暮春之夜，芷琪第二次拒絕他的地方。那在心裏輾轉過上百次上千次的對話，又在他耳邊反覆回蕩。

「為什麼，為什麼你不相信愛情？」

「我上初中的時候被人侮辱過，上高中的時候那個人還想侮辱我，是我學會了反抗才沒有讓他得逞。所以現在即使我想相信愛情，我也不可能相信。」

為什麼他當時聞言之後眼淚會奪眶而出？為什麼他當時如此脆弱，反而需要她來安慰？他本該將女鬼般寒氣襲人的她一把摟在懷裏，告訴她「至少你可以相信我」，那才是一個男人的正常反應。為什麼他沒有聽懂她所說的「不可能相信」的真意就是需要有一個人出現在她眼前讓她可以「相信」？

答案很簡單，其實他早就知道了。因為她在他心中占據了女神的位置，所以當女神突然變成女鬼時他會像一個男孩一樣感到恐懼；因為他對她的感情是愛慕和崇拜，所以當她突然需要體貼乃至寵愛時他會像一個男孩一樣不知所措。

在藍色的光柱下，她笑得很誇張，眼角甚至都在一瞬間漾起了細微的皺紋，既飽含期待，又充滿誘惑；在紅色的光柱下，她閉上眼睛，長長的睫毛和身體的曲線都輕微地震顫著，任憑別人的手伸進她的衣襟。她就是這樣輕易敞開自己，接受陌生人的體貼和寵愛？她需要體貼和寵愛，遠超過需要愛慕和崇拜？

是的，成熟圓潤的她，早已宛如一匹俊美雅潔芳香四溢的駿馬，又怎會拒絕狡黠、老練、放肆的騎手？

第二十四章

這是城郊一片臨湖而建的別墅區，夜空下黑壓壓一片，只有少數幾間屋子亮著燈，其中一間是某棟別墅二層的古色古香的書房，燈光從繪有各色圖案的仿古燈罩射出來，格外朦朧。秦廣打開錄音筆，錄下自己的聲音。

「在剛開始監視的時候，我以為她只不過是又一個放蕩的女人罷了。可是，在看到她反抗那個蒙面男人的時候，我的想法有了變化。那個蒙面男人，我特意跟蹤到了他的住址，根據房屋仲介公司的記錄，知道了他的名字。再調查下去，發現曾經是她的大學同學，想必曾經追求過她，由愛生恨。」

偌大的別墅裏只有他一個人，湖水的漣漪聲在靜寂中隱約可聞。

「蒙面男人中途出去的時候，她本來有機會逃走，但是她卻等他回來，用刀刺傷他。蒙面男人逃走的時候，她摘下蒙眼布，看到了他的背影，卻並不顯得驚訝，之前她應該已經猜到了他是誰。我覺得像她這樣的女人不屬於天生放蕩，說不定別有隱情。」

一陣風吹過湖邊的白楊樹林，發出急雨般的瀟瀟聲。

「我在網上搜索到了一些她大學時的照片，表面看來都很正常，但是如果把照片放大，仔細觀察，可以看到她始終很抑鬱，似乎內心埋藏著一個可怕的秘密。

「偷拍她的目的，是為了掌握籌碼，為以後的交易做準備。但是，如果她有一個隱藏很深的、不可告人的秘密，而我們又知道了這個秘密，那豈不是掌握了更大的籌碼？何況，經過這件事以後，她不太可能再去那間畫室尋歡作樂了。不如換一個角度入手，更有可能出成果。」

他關上錄音筆，凝視初生的月光下波浪簇簇的湖面。用錄音筆錄下自己的想法和決定，而後逐一存檔，是他習慣的工作方式。但是有些更重要的念頭是不能記錄、不能留下痕跡的，他要接近那個女人，贏得她的好感，成為她信任的人。但是，他也要讓胖子相信，他接近那個女人只是為了尋找對胖子最有利的籌碼，為了在未來的交易中讓那個女人乖乖就範。

現在的錄音將會在未來某一天讓對他起了猜疑之心的胖子聽到，那時胖子一定會哈哈大笑，拍拍他的肩膀說句髒話，用這種方式表示歉意。是的，他做事一向就是這樣滴水不漏。

但是，但是其實不止如此？除了方才說出的計畫與理由之外，在他心靈的最幽暗之處，還隱約漾起一絲波瀾。這是一個有吸引力的女人，吸引力不僅來自身體，更來自她大學時代的那些照片中清純而隱含憂鬱的面容。憑著天賦容貌與超拔氣質，她將會成為副行長夫人，將會進入那個普通人可望不可即的階層。但是副行長根本就是一個毫無魅力的技術官僚，將來她怎麼可能沒有外遇呢？如果能夠征服她，跟她發生一段秘密的戀情，難道不是可以讓他獲得巨大的成就感，從內心深處超拔於那個階層之上嗎？

第二十五章

三天過去了。

在那座芷琪生於斯長於斯的沿海城市的火車站附近的一家商場裏，秦廣一邊在甜品店裏品嚐甜品，一邊悠然而又犀利地端詳著來往的人流。他一向喜歡吃甜品，不喜歡吃辣。

每一個人內心都有不可告人的秘密，這是他的基本信念。每一個秘密，哪怕埋藏得再深，也總會有些蛛絲馬跡，閃現在眼神裏，浮現在臉上細微的紋理之間，甚至是凝結成表皮下面微小的顆粒物，而他的天賦就是發現這些一般人難以注意的蛛絲馬跡，由此分辨、猜測一個人內心最可怕的秘密，親近之，撫慰之，要挾之。所以他曾經是一個成功的律師，所以他現在是一個成功的監視者，所以他有權追求更大的成功。

兩天前他乘飛機來到這座城市，再過兩個小時他就要坐火車離開了。他低下頭，打開隨身攜帶的筆記本，重溫這兩天的調查筆記。

調查很順利。他先是瞭解到芷琪的母親已於幾年前去世，她生前居住的一座上下兩層的木地板小樓房——那是文革中一度充公，文革後歸還原主的祖產——現在已成空宅，便扮作一位迷信風水的購房客，像左鄰右舍打聽這座小樓曾經的故事，以辨別吉凶。

那些長舌婦的話匣子在他溫文爾雅的「上等人」氣質和茶水點心的款待之下很快便打開了，彷彿她們早就期待著和一個遠道而來的陌生人分享一個風流寡婦的豔史，以及她那頗具道德訓誡意義的意外死亡。她們的態度顯得「哀矜而勿喜」，言談中頻頻使用「罪過」一詞，既是對風流寡婦的評價，又是祈求神明原諒自己抖露一個逝者生前的是非。每個人都很得體地只講了一小部分故事，故意說一些模棱兩可的話讓他去猜。不過，把所有的講述拼在一起，再和他所瞭解的芷琪的情況相對照，輪廓就很清晰了，清晰得足以讓他猜出她內心可怕的秘密。

芷琪的母親是一位美女，很早便成了寡婦。她一直是一位自由職業者，沒有單位，似乎是靠遺產生活。她一直沒有再婚，長期同時擁有好幾個情人。小樓二層那間帶陽臺的臥室，就是她和情人們的愛巢。

「經常深夜裏都能聽到她在床上的那個聲音，真是罪過哦，罪過哦，你說說讓我們怎麼教育小孩子……」

這位寡婦的情人，起初主要是一些眉清目秀的文化人，有一個搞音樂的，教會了她女兒彈鋼琴，有一個舞臺美術設計師，教會了她女兒畫畫。唯獨有一個例外，一個虎背熊腰的退伍軍人，先是附近一家工廠的保衛科長，後來是這一片街區的治安聯防隊長，姓嚴，外號「閻王」，也是她的情人。

「要說這位閻王還真是寬宏大量哩，明知道她有別的相好，他也不在乎。每星期就固定來一個晚上，來的時候總要帶點好東西，酒啊，茶啊，上好的火腿啊，不給老婆，都拿到這裏來。他老婆是農村出來的，怕他怕得要命，不敢來這裏鬧事。他打老婆一拳就能把臉打歪，臉上那個淤青啊，幾個星期都好不了。可是他在這邊呢，總是笑嘻嘻的，給鄰居當雷鋒，還抓過兩次小偷。有人問他，為啥不跟老婆離婚，把這邊娶回家？你猜他怎麼說，他說，她要是當了我老婆還跟別的男人好，我肯定要揍她，可是我實在捨不得揍她，所以我不能讓她當我老婆。糙人啊，說話就是爽氣。」

「說來還真虧了閻王呢，那一年，她的那幾個情人啊，要麼被抓進去了，要麼被開除公職，她這座小樓呢，也被說成是一個反動據點，要不是閻王力保，她恐怕也得進局子。你說說，她是不是該感恩，只跟閻王一個人好？可是她不，哎呦，她還跟那幾個相好來往。閻王呢，也神了，完全不計較。那時候她女兒上小學，閻王對她這個女兒心疼得很，帶她去爬山，去郊遊，跟帶自己小孩似的。」

「你們說的這個閻王，自己沒有孩子嗎？」

「他有一個兒子，可兒子跟他爸爸一點都不像，好文靜好內向的，怪得很。按理說，寡婦把他媽害成那樣，他應該恨寡婦才對啊。可他不是，見到寡婦好禮貌的，客客氣氣喊『阿姨』。他跟寡婦的女兒關係處得也蠻好的。」

「他這兒子叫什麼名字？」

「嚴治安。」

「後來呢？後來他們有沒有再交往？」

「後來寡婦的女兒長大了，比寡婦還漂亮，成績又好，簡直跟神仙似的。嚴治安成績不好，初中畢業就上技校當了工人，這兩人就不來往了。當然，本來就不該來往，不然成何體統，罪過，真是罪過。」

「一個保衛科長的兒子，怎麼會當工人呢？」

「忘記說了，九二年，鄧小平南巡那一年，閻王的廠子搞股份制改革，退伍軍人不吃香了，他的保衛科長被拿掉了，變成了街道上的治安聯防隊長，官小了好多，槍也沒了，只有電棍。他這個人也不像以前那麼硬氣了，天天喝悶酒，喝成酒鬼了。」

「九四、九五年以後，世道就變了，一切都向錢看了。那寡婦的相好，出國的出國，下海的下海，結婚的結婚，就剩下閻王一個還守在身邊了。大家都說，寡婦的心性算是定了，不會再跟別的男人好了，閻王孩子也上技校了，沒有後顧之憂，該跟原配離婚，跟寡婦結婚了。」

「可是一天傍晚，就聽見那小樓裏劈劈啪啪的各種聲音，過了一頓飯工夫才安靜下來。後來有人看見閻王沉著臉從那裏出來，臉上手上都是抓痕牙印，血淋淋挺嚇人的，後來閻王就再也不來了。後來聽說，是寡婦的女兒花癡，單戀寡婦以前的一個情人，得了神經病。你看看這亂的，罪過哦，罪過。寡婦被她給氣走了，閻王過來勸解，正趕上她神經病發作，好心沒好報，灰心了，就再也不過來了。」

「後來那女孩的神經病不知怎麼就好了，考上了重點大學，去了北京。後來聽說嫁了個高幹子弟，變成鳳凰了。這也難怪，那女孩其實從小挺優秀的，除了得過神經病之外，沒什麼好挑剔的。我們這些鄰居，說良心話，都是希望她好的，千萬別走寡婦那條路。」

「寡婦怎麼就意外死亡了呢？」

「這還真是玄了。她女兒在北京上大學，讀研究生，偶爾回來一下，沒幾天就走。寡婦一個人過日子，一個相好也沒有了，孤零零的，也有些神經病了，經常在家門口等郵遞員送信，可是從來沒見過她收到一封信。後來有一天，寡婦突然跟癲了似的，在路上攔鄰居，說她女兒來信了，就要結婚了，對像是高幹家庭出身，把兩個人合影的照片給我們看，那個癲樣啊，真嚇人。還說一定要大擺酒席，把所有的鄰居都請來。第二天，嘿！真是玄了，寡婦大白天不小心摸了電門，人都燒黑了，罪過哦，罪過，你說這不是老天的懲罰是什麼，就是要懲罰她，讓她喝不上女兒的喜酒。」

「她有沒有可能是自殺？」

「自殺？怎麼會？她還盼著喝她女兒的喜酒呢。她就是神經病高興瘋了，樂極生悲，她女兒跟老公回來了一次，買下了海邊最貴的一片墓地，把寡婦跟她合法老公的骨灰葬在一起，後來就再也沒回來過，這宅子就一直空著，凶宅啊。」

「閻王後來怎樣了？」

「他呀，早就死了，比寡婦早死了三年。下雨天，鬼催的非要自己一個人去爬山，過幾天在懸崖底下找到了屍體，路滑不小心摔死的。罪過哦，罪過……」

第二十六章

蕭鳴站在落葉飄蕭的街頭。這條街道相對僻靜，不像許多別的街道正在為下班的人流車流所擁堵。夕陽尚未完全落下地平線，他身後的這家三層樓的飯店還沒有多少客人。

今天是她的生日，他來北京之前就說好了，今晚要請她吃飯。

一輛公車在附近的車站停下，下車的寥寥幾個人中間就有她，這令他既意外又欣慰，彷彿回到了學生時代。是的，如果她開車前來，他肯定會聯想起那一夜她和那個黑人一同驅車遠去的場景；但既然她是乘公車而來，他便自動將那一幕遮罩在意識之外了。

她穿著灰外套黑褲子，戴著白圍巾，劉海覆額。她的神情是歡樂的，溫婉的，同時卻又是神秘的。就連她的步伐，和平時相比，都多了幾分像貓一樣的感覺。難道她已經猜到了他今晚請她吃飯的用心？

他們在二樓靠窗的一張餐桌邊坐下。這家飯店的好處是餐桌之間都用竹子區隔開，宛如包間。窗外，夕陽西下，留下一抹豔紅的晚霞。她脫下圍巾和外套，深紅色毛衣的領口頗為寬大，露出瑩白的肌膚。他意識到她今天沒有搽香水。

她把點菜的權利完全交給了他，雙手托頷，含笑看著他和服務員交涉，菜要了又不要，不要又要，看著他流露出些許狼狽。涼菜和新榨的玉米汁很快上來了，然後是熱菜，然後是湯，最後還有生日蛋糕。

他們聊了很多話題，雖然她聽得多說得少，但是其實把握著聊天的節奏和方向，他在談話中漸漸失去了對身體的控制，頭部、肩膀、手臂都輕微搖擺起來，她含笑注視著他身體的搖擺，讓他的心愈加迷離。在迷離中，他看見她左手端著盛有半杯金黃色玉米汁的玻璃杯，右手平放在米黃色的桌布上。他猝然伸出左手，緊緊握住那隻纖長白皙的右手，她一驚，玉米汁幾乎從杯子裏濺出來。

她的臉刷地紅了起來。蕭鳴從她驟然變得更黑更亮、充滿審視的目光中感覺到她已經洞察了一切。這個握手的動作並非一時興起，而是蓄謀已久，今晚的飯局、之前的聊天都是為此做準備。他感到羞愧，緩緩把手鬆開。她依然審視著他，右手卻輕輕握住了他顫抖的左手。

蕭鳴完全沒有料到他的幸福會這樣輕而易舉地降臨，太快太輕易了，一點都沒有真實感。他腦海裏飛速掠過那一夜她在酒吧裏放縱的笑容。但是，她溫軟的手如此真實，遠比一切影像都更有說服力。她的眼睛閉上了，他不知道她在想什麼，但也無需知道了。

他離開座位，走到她身邊，蹲下來，親吻她的頭髮、耳根和下頜。這是他們之間的第二次親吻，上一次是她主動，雖然熱烈，卻只限於唇舌的交流。現在，她閉著眼睛，被動地接受他的親吻和愛撫。隨著他的親吻愈加頻密而有力，他聽到了她輕輕的呻吟。

第二十七章

方炬居住的小區建於上世紀八十年代，和許多缺少正規物業的小區一樣，現已顯得混亂、骯髒、破舊，但又充滿了鬧騰的生機。生意紅火的大小飯店有十幾家，烤羊肉串的香味和下水道的臭味夾雜在一起，瀰漫成濃濃的塵世氣息。

小區一角有一片空地，安放著一些健身器材，傍晚常有老人孩子來此健身。老人總是聚在一起發牢騷，有幾個身板硬朗的老頭發牢騷的聲音總是很大，很遠就能聽見，想必是因為在機器轟鳴的車間裏工作了幾十年，嗓門不大就沒法讓人聽見。

方炬曾經覺得，這座小區裏芸芸眾生的生活與自己無關。他偶爾去那片空地健身，對身邊的牢騷聽而不聞。但是，自從「資產階級復辟」這個詞從遺忘的深淵中再度浮現並攫取了他的腦神經以來，他對那些牢騷突然興致盎然了。現在，最後一縷晚霞正在消逝，他一邊健身，一邊傾聽。

「現在這些人，啊，說文化大革命這不好，那不好，呸，他們懂什麼啊，主席說了，要文鬥不要武鬥。那時候每個廠裏不光是有造反派，還有保皇派呢！廠長啊書記啊，有人反他，也有人保他，為什麼啊？因為那時候幹部沒有貪汙腐敗的，要是擱現在，去你媽的，只有造反派，哪兒他媽還有保皇派，保誰啊，現在上哪兒找個不貪汙的幹部去？現在要是再來一場運動，你看吧，就得是武化大革命。」

「現在上面也不會再搞運動了。」

「是啊，現在上面這些人，哪個不是走資派？搞運動，不是抄他們自己的家嗎？只有主席他老人家最偉大，發動老百姓鬥當官的。」

「嘿嘿，現在不是時興講法治了麼？」

「那都是胡說八道，中國的問題，法治解決得了？什麼叫法治，不就是找個律師打官司！他是要錢的，你不給錢，誰幫你辦事？有錢人就能找好律師，白的說成黑的，窮人呢？你沒錢，有理也告不贏！」

「嘿，你知道律師都怎麼辦案嗎？都是把法官請到夜總會裏，伺候好了，這案子也就贏了，這是我一個在律師事務所的親戚親口跟我說的。這年頭，有理頂什麼用！」

「爛透了，真他媽爛透了。」

「就說這改革吧，」一個戴著黑邊眼鏡、舉止斯文的老人聲音不大卻很威嚴地說，「現在很多講改革好、爭改革功的人，說的都是九三年以前的事情，如何讓老百姓富了，怎麼讓老百姓好了，某人在這裏有什麼功勞，九五年以後的事情不談。這說明什麼？說明他們心裏有鬼。九五年以後，國企轉制，工人下崗，老百姓上不起學，看不起病，官商勾結，少數人一夜暴富。現在尋思起來，還是主席看得深，看得遠，資產階級復辟，窮人會吃二遍苦。」

汗流浹背的方炬停止了健身。他忽然想到，自己曾經在一家小店裏見過一件印有毛主席在天安門接見紅衛兵畫像的T恤，應該找到那家小店，把T恤買下來，作為自己的行頭。

第二十八章

買單之後，芷琪說自己還有事，和蕭鳴道別。她的神情非常平靜，既不興奮也不厭煩，可是，就在她轉身離去的一剎那，她又回顧了他一眼，眸子裏閃過一道奇異的光芒。

那道奇異的光芒令蕭鳴振奮了很久。他在街上晃了好一陣子，直到恰好在一個車站碰到一輛去他所居住的小區的公車，才頗不情願地上車。

公車開上高速公路，開出市區進入郊區，郊區起初也是高樓林立，燈火通明，十幾分鐘以後才為大片白楊樹林所取代。公車離開高速公路，拐了幾個彎，在一個孤零零地矗立在鄉村和曠野中的居民小區前停下。蕭鳴下車走進小區，依然興奮地回味著傍晚感受到的芬芳，直到驀然看見一個人影在路燈下向他揮手……難道是她？

沒錯，就是她。十幾天之前就是她和他一起來這裏租房，緊接著又不辭而別。她怎麼又回來了？而且偏偏是在這個時候？

她的長髮燙過了，塗了眼影，臉上的脂粉雖不算厚，卻已讓他感到十分俗氣。圓臉高鼻厚唇的她，竟然要化妝成芭比娃娃，多可笑啊。她的黑色帶褶紗的連衣裙也顯得故弄玄虛。她兩隻手分別拖著兩個大旅行箱，像是剛下飛機，來賓館住宿似的。

「書生，你怎麼現在才回來？人家等你好長時間了。」她說話的時候，嘴誇張地張得很大，是在炫耀牙齒的潔白嗎？

他本來想說「妳怎麼來了」或是「妳來做什麼」，話到嘴邊，變成了充滿戒備的「妳好」。

「我回來難道你不高興嗎？」她的嘴依然張得很大，雙手離開旅行箱的手柄，從左右兩邊撩弄長髮蜷曲的髮梢；身體故意略微後仰，讓胸部顯得更加隆起；直射的目光與其說是挑逗，不如說是挑戰。

蕭鳴一時失語。

「好啦，」她臉上飛速閃過一個極其尷尬的表情，隨即又變得更加無所顧忌。「瓊瓊不是來求你包養的，瓊瓊是來跟你合租的。想來想去，瓊瓊還是覺得應該在北京發展。而在北京呢，瓊瓊覺得還是跟你一起合租最放心，因為你是一個——傻瓜。」

說完，她肆無忌憚地笑起來，笑聲裏帶著鼻音，但她的身體並沒有隨著笑聲顫動，很僵硬。她的笑聲忽然中止，身體不再後仰，恢復了正常的站姿，雙手依然撩弄著髮梢，臉上的神情宛如一朵迅速枯萎的花，浮現出淒楚、膽怯和乞求。

兩個人對視了漫長的幾秒鐘。

「那你就住朝北的小房間？」

「嗯。」

「一個月給我五百塊錢？」

「嗯。」

「你把身分證的複印件給我。」

「可以，我明天就去複印。」

「那你跟我來吧。」

蕭鳴轉過臉，沒有按照應有的禮貌幫她拖一個箱子。他知道自己在今後一段時間內會一直語氣生硬，一直回避她的目光。這時，他又聞到了她身上散發出來的令他感到眩暈的異香。

第二十九章

第二天，蕭鳴起床比平時早，去樓下吃早點的時候，幾乎排不上座位，但也因此吃到了以前總是錯過的新炸的油條。吃完早點，他躊躇著是否要為自己住的大房間買一把鎖，後來決定算了，如果她真想當賊的話，撬鎖太容易了。

他回到住處，又磨蹭了一會兒。小房間的門一直關著，她一定是把一些衣服鋪在小床上當褥子，身上又披了一些衣服當被子才睡下的。他自己明明有多餘的被子，昨晚卻沒想到給她。

不想這些了，今天他要去公司，去跟芷琪見面。見面是為了談工作，過去幾天他一直在構思她要他撰寫的劇本，有些想法如鯁在喉，不說出來憋得難受。而且，既然她已經在感情上接受了他，他就更應該真誠地表達自己的觀點。

上班的人流塞滿了公車和地鐵，個個行色匆匆，不少人神情疲憊乃至厭倦。蕭鳴不禁想到，不管一個人實際上或是自以為多麼有個性，但在為了謀生而上班的擁擠人流裏，他或她就只是一件以薪水計價的商品，像所有的商品一樣，重要的是功能和用途，而非個性。上班就是被剝削，你為老闆創造的價值，總是超過老闆付給你的薪水。但是，說實話，一個人擁有被合法剝削的權利，卻又總是好於擁有不被剝削的自由。

走進公司，他驚訝地發現很多座位上都有人，原先看起來很空曠的辦公區域，已然有了上緊發條忙碌運轉的感覺。

陸雲正在複印文件，朝他嫣然一笑。

「招了這麼多新員工？」

「是啊，把一個民營文化傳播公司的整個電視製作團隊挖過來了。」

芷琪在會議室開會。蕭鳴在自己的座位上坐下，透過落地窗，可以看到許多和他所在的寫字樓一樣高聳的寫字樓。每座寫字樓門口都有很多剛從公車、地鐵以及私家車裏走出來的人往裏湧。他忽然想到了一個猥褻的比喻，每座高聳的寫字樓都是一尊鋼筋水泥的塵根[1]，在每個工作日由上班族來充血。

將近十一點鐘，他看見芷琪和一群員工從會議室裏出來，回到自己的辦公室。他起身去找她。她沒有想到他會在這個時候出現在公司，瞬間顯得很緊張，似是擔心他會在辦公室裏像昨晚一樣吻她。但在知道他是來談工作之後，便立刻轉為認真的傾聽。

「我反覆想過妳要我策劃的動畫片了，」他的聲音很急促，「民眾平時一盤散沙，只顧自己，等到災難來臨，才發現必須團結一致。可是，就算他們想要團結，但怎麼才能一致呢？所以就要推選出一位領袖，跟隨領袖的步伐，這樣就可以一致了——可是他們是怎麼推選領袖的呢？如果百分

1 編按：男性生殖器。

之六十的人推選某一個人當領袖，而另外百分之四十的人推選另一個人當領袖，那好，少數服從多數，前一個人成為領袖。但是如果他就是不能讓另外百分之四十的人跟隨他的步伐該怎麼辦？當然，他可以強迫他們服從，但如果服從是被迫的，那就不是一個集體，而是兩個集體，其中一個集體統治另一個集體。妳聽明白我的意思了嗎？」

她開始還擊了。

「聽明白了。你憑什麼認為那百分之四十的人就一定會固執己見呢？如果領袖證明了自己的能力，他們為什麼就不會轉變自己的看法，自願成為集體的一部分呢？」

「就算很多人都像妳說的那樣轉變看法，可是，如果就是有百分之一的人不轉變看法，不願意成為集體的一部分呢？那該怎麼辦？」

「那就讓他們自生自滅好了。」

「可是如果那百分之九十九的人欺負他們呢？如果百分之九十九的人制定一條法律，把百分之一的人定為罪犯，理由就是他們跟領袖步調不一致，妳覺得這公平嗎？」

「我知道你想說什麼，要保護人權，避免多數壓迫少數。可是，你忘了整個場景的前提是災難來臨，當大多數都在團結一致對抗災難的時候，極少數置身事外，你覺得他們有任何的道德高地嗎？」

「可是，為什麼對抗災難就一定要步調一致呢？如果偏偏是大多數人擁戴的領袖錯了，如果真理偏偏掌握在極少數人手裏，那又該怎麼辦呢？」

「那就讓你說的極少數人在大學的象牙塔裏傳授真理好了。如果真理真的掌握在他們手裏，那麼他們完全可以通過傳授知識，慢慢改變大眾的觀點。但是如果他們走到街頭，直接向大多數人宣揚真理，性質就變了。」

「為什麼？」

「因為那樣與其說是傳授知識，不如說是粉碎大多數人的世界觀和價值觀，破壞性遠遠大於建設性。就拿馬克思主義來說吧，它本來很適合學者在象牙塔裏研究，在美國的大學裏就有很多研究馬克思主義的學者。可是二十世紀的俄國人和中國人卻讓馬克思主義走上街頭，結果是什麼？結果就是讓像我爺爺這樣的人走向毀滅。所以現在中國才需要告別革命。」

「告別革命還需要領袖嗎？」

「當然，現在社會矛盾這麼劇烈，你不覺得完全有可能再來一次革命？可是革命又是什麼呢？毛澤東早就說過，『革命是暴動，是一個階級推翻另一個階級的暴烈的行動。』可是為什麼一個階級一定要推翻另一個階級呢？印度的種姓矛盾遠比中國的階級矛盾嚴重，為什麼印度人沒有鬧革命呢？因為他們有甘地，有全民公認的精神領袖。如果中國也能出現甘地這樣的精神領袖，就可以告別革命了。」

「我覺得妳的想法太理想化了。」

「這不是理想化，現在黨不是已經開始號召『和諧社會』了嗎？」她的神情已經不再包含還擊的成分，而是像昨晚一樣溫婉。「你想想，連周阿姨這樣的人都懺悔了，而我也都原諒她了，現在我跟她還在一起做事。有什麼仇恨是不能化解的呢？」

「難道黨不是靠革命起家的嗎？黨不是信仰馬克思主義嗎？」

「那是過去，過去它曾經是一個革命政黨，可是現在它正在變成一個執政黨。它也早就拋棄馬克思主義了，who cares？」

「我明白了，妳加入的是『三個代表』的黨。可是，妳當初入黨的時候就想清楚了嗎？」

「當然，我是深思熟慮才入黨的。」

蕭鳴覺得，芷琪的思維相當混亂，但一時又說不出是哪裏混亂。在她溫婉的注視下，他實在沒有勇氣再跟她辯論下去了。

「好吧，我懂了。我會按照妳的想法，盡快把劇本構思出來。」

第三十章

在公司附近的中式速食店吃完午飯後，蕭鳴感到異常疲憊，也許更準確的說法是倦怠。他需要找一個地方睡覺，而這座城市唯一可以讓他安眠的地方就是他現在租住的房子，因為那裏有舊家俱，有家的感覺，不會讓他覺得自己是一個漂泊的旅人。

落木蕭蕭，秋色漸深，原先隱藏在白楊樹叢濃密枝葉中的一窠窠鳥巢也漸次現身。他回到自己的住處門前，掏出鑰匙開鎖，鋼筋防盜門是鎖著的，裏面的木門卻是虛掩著的。他開門進屋，小房間的門依然關著，客廳裏的陳設和他早晨出門的時候完全一樣。

他本該給她留一把鑰匙的，防盜門一旦從外面鎖上，沒有鑰匙就沒法從裏面打開。雖然買了鍋碗瓢盆，可是這些天他總是在外面吃飯，屋裏一點零食也沒有，她一定餓得頭暈了。他走進自己的臥室，另一副備用鑰匙就放在床頭櫃上，如果她真的想找，是很容易找到的。他把備用鑰匙放在客廳的大桌上，回到臥室，關門，拉上窗簾，上床躺下，很快便昏昏入睡。

先是一些碎片化的、意象紛繁的夢。後來，他夢見一個穿制服的方陣，在一個巨大的廣場上打著腰鼓，密集的、節奏一致的鼓點聲讓他心煩意亂，想要逃離卻又無處可逃。當他終於從夢境中掙脫出來之後，鼓點聲依然在耳邊回響，許久他才分辨出那原來是切菜的聲音。接著又是一陣炒菜聲。

客廳的燈亮著。桌上擺了一盤水果沙拉。她正從廚房裏出來，兩手各端一盤菜放在桌上。她紮著馬尾辮，臉上已經洗去了昨晚的鉛華。她始終回避他的目光，表情凝重，唇角卻漾著一縷既傲且嬌的微笑。

「來吃飯吧。」

她是要感恩嗎？抑或是想以這種方式宣佈她的身分並非一個普通的租客，而是他的情侶？無論如何，蕭鳴覺得自己必須矜持乃至冷漠。

「謝謝，我不餓。」

「那我可先吃了。」

她給自己盛了一碗米飯，也不看他，兀自坐下，悠然用筷子夾起菜來，彷彿對於他需要由她來餵飽這件事擁有絕對的自信。看來她不僅要以這種方式確認他們之間是情侶關係，而且要確認她是這種關係的主宰者。因為她是他的基本需要的給予者，食與色。

她憑什麼這樣自信？她為什麼不認為他昨晚收留她的行為是出於高尚的同情心，而是理解為他需要——需要「金屋藏嬌」？他們此前只是肉體的相互慰藉而已，難道她以為真有愛情？

他走進洗手間，掏出手機給自己發了一條簡訊，確信她能聽見手機收到簡訊時「嘟」的一聲。他走出洗手間，注視著手機螢幕，說：「有同事請我吃飯，我這就走。」

當他走出客廳關門的時候，他看見了她失望的眼神。

第三十一章

秦廣終於見到了曾經在錄像裏反覆注視過的她。天哪，她真美。雖然看起來很平靜，但像秦廣這樣洞察人性弱點的人不難通過她發白的臉色覺察到她的緊張。她相當苗條，但渾身充滿了力感。

這是一間顧客稀疏的咖啡館最深處的一張桌子，燭光昏暗，她的姿態像是要滿懷同情地傾聽一個與己無關的故事，舉止非常有禮貌而又不失適度的距離感。兩杯果汁送上來之後，她說：「嚴治安，我已經很多年沒有見過他了，他怎麼了？」

那一刻，秦廣不禁對自己感到強烈的厭惡。他本來可以有千百種方式來接近這位令他驚為天人的女人，但他卻選擇了最卑鄙的一種。他和她之間將有的，不會是能夠撫慰人心的情感，只會是獵人和獵物的關係。但這豈不就是他的宿命？

他是早晨回到北京的，上午通過關係調取各種內部電子檔案，下午給她發了一個簡訊，介紹自己是某某基金會的幹事，有一件與嚴治安有關的要事，需要盡快跟她私下見面。他所說的那家基金會在京城官場上頗有名氣，感謝胖子的栽培，他確實是其十幾名幹事中的一員。基金會的網頁上有他的個人資料和照片，他相信她一定上網查過了。

「是這樣，我就直接切入正題吧。情況是這樣，嚴治安，現在是一家夜總會的保安，據可靠消息，他說他自己掌握了一些確鑿的證據，正準備向警方指控他父親幾年前不是死於意外，而是死於謀殺，他還酒後揚言說幕後兇手就是妳。」

「一派胡言！」她的臉幾乎被憤怒扭曲了，但她的反應似乎過於強烈，憤怒之中也並不包含輕蔑的成分。

秦廣驀然心生暗喜，知道自己賭對了。他壓低聲音，語氣很誠懇地說：「不要激動。消息是我在當地公安分局的一個朋友告訴我的。」他從口袋裏掏出幾張黑白照片遞給她：「這就是他現在的樣子，妳看看他臉上的無賴相，他這種人肯定是要靠敲詐勒索為生的。」

她低頭來回仔細地看照片，臉上浮現出掩飾不住的錯愕與驚恐。

「可是……可是問題在於，據我那個朋友說，嚴治安掌握的證據應該確實能證明他父親是死於謀殺，他之所以說妳是幕後兇手，因為那個實施了謀殺的人應該確實就是一個跟妳關係比較親近的人——」

他的話音戛然而止，因為他看見她已經沉浸在憂傷、痛苦和焦灼中。

她兩眼發直，身體也隨即繃緊，坐姿變得僵硬。片刻充滿敵意的沉默之後，她眨了眨眼睛，問：「妳告訴我這些，有什麼用意？」

「我只是不想讓一個無賴中傷妳。我瞭解妳跟周大姐的關係。周大姐曾經幫過我一個大忙，雖然她很可能早就忘了。這個人情，我是應該還的。」

「我憑什麼相信你說的話？」

「妳當然可以不相信。可是，一旦警方正式立案調查，一切就都難以預料了……萬一真的是有一個人謀殺了嚴治安的父親，而警方又能在妳和那個人之間建立某種聯繫，需要妳自證清白呢？」

她換上了一副冷若冰霜的神情，靜靜喝著果汁，鎮定地凝視著他身後某個角落。可是她的呼吸，如果仔細聽，卻是不均勻的，像是被逼入絕境的困獸的喘息。現在該是贏得她感激的時刻了，他雙手在桌面上攤開，笑著說：

「其實，妳什麼都不用做，整件事由我來處理就好了。妳什麼都不需要知道。」

他舉杯將果汁一飲而盡。透過眼角的餘光，他看見她的神情有一絲驚懼，卻也似乎放鬆了一些。

「你說的這個人，嚴治安，他曾經是我的好朋友。」沉默了兩分鐘之後，她盯著他，一字一頓地說。

「所以？」

「所以我不希望他受到傷害。」

「可是他正準備傷害另一個跟妳更加親密的人。」

她忽然冷笑起來。冷笑是完全不適合她的，她勉強維持的偽裝於是綻開了裂縫，顯得虛弱而不自然。

「你究竟是誰？是魔鬼嗎？你在沒有任何真憑實據的情況下，跟我說了一堆天方夜譚，最後倒像是我欠了你的人情。我為什麼要相信你？」

說話間，她的神情從一個從容的女人變成了一個用盡最後一點力量拚命防禦的小女孩。見到她這種格外強硬、近乎無禮的姿態，秦廣知道自己贏定了。

「妳不必覺得欠我的人情，我只是還周大姐的人情而已。」

他把一張名片放到桌上，很有風度地說了聲「再見」，起身離開。

明天凌晨那座城市將會有一場黑幫械鬥，一個夜總會保安將會在械鬥中被打成殘廢，他的母親、妻子和孩子將會淚流不止。秦廣感到一陣噁心和眩暈，險些在咖啡館門前的臺階上摔倒。但是，他又著實覺得欣慰，未來的副行長夫人，如此富於魅力的女人，已然墜入他的陷阱。笑容在他臉上順著一道道皺紋漸次綻開，像一張詭異的蛛網。

第三十二章

在一片通明的燈光中，散場的人流從影院湧向街道，蕭鳴與陸雲不期而遇。

「這麼巧，你也來看電影了？」

「沒有，剛好路過。」

「那你可千萬不能錯過。」影院門口張貼著《色・戒》的巨幅宣傳海報，好幾個票販子在人群中吆喝著倒賣黃牛票。「真是非常好看，一定要看大銀幕，雖然是剪過的。」

「我看過小說。」

「我也看過，可是電影不太一樣，加入了李安自己的很多東西。說實話我都懷疑易先生是不是真的漢奸，還是另有苦衷。對不起，我劇透了。」

「原著的主題應該還是保留了吧。」

「對，不該讓女人捲入政治，因為女人是感性的，容易戲假情真。其實，就算是漢奸，也得看從什麼角度去看，漢奸也未必不會動真情，那些滿腦子家仇國恨的愛國志士，也未必不是把女人當工具，一點都不憐惜女人。」

她咬牙切齒的樣子非常可愛。蕭鳴想起芷琪曾經說過，陸雲有一個交往了將近一年的男友，不知為何沒有跟她一起來看電影。不過，她本來就不是那種什麼事都要黏著男友的女生，想必是男友臨時有事，就自己一個人來了。

「照妳這樣說，估計它離被禁也不遠了。」

「所以你才要快點看呀。」她帶一點吳儂軟語的普通話真是好聽。「當然啦，女人還是太傻太天真，漢奸雖然動了真情，可是畢竟是漢奸。不過，梁朝偉演得真好，他演的易先生真有feel，換了我是王佳芝，也會動心的。」她的思路又岔到另一個方向上去了。

「是不是男人不壞，女人不愛？」話一出口他就後悔了，覺得說這樣的話實在太傻。

她沒有留意到他的尷尬，仍像是賭氣般地說：「因為壞男人才懂得女人的需要啊。懂得女人的需要，才會讓女人有被愛的感覺，才會激起女人的愛。好男人一般都比較簡單，不懂得女人的複雜微妙。女人在好男人那裏得不到滿足，當然要找壞男人了。」

「原來這才是《色・戒》真正的主題。」

她笑了。他們已經走到了行人稀少的地段，落葉紛飛，車流斷續。她問：「你住在哪裏？」

「我住在北邊，快到郊區了。」

「哦，你住的是單元房嗎？還是農家小院？」

「是單元房。」

「那裏的空氣比較好吧？城裏的污染真是糟透了。」

「還好。」

他的手機響了，有簡訊。他掏出手機，是芷琪發來的：「你在做什麼？」

陸雲注意到他表情的變化：「怎麼了？」

「沒事。」他一邊說，一邊回了一條簡訊：「散步。」

簡訊又來了：「你能來看我嗎？」

彷彿諸天都起了震動，這是她第一次主動要求他去看她。進展得這樣快，昨晚她還只是被動地接受他的親吻和愛撫。他竭力讓自己顯得平靜，說：「有一個朋友約我見面。」

「好的，你去吧，再見。」

「再見。」

他們互相揮手告別。他急切地走出幾步，又回了一條簡訊。

「妳在哪裏？」

第三十三章

蕭鳴乘坐計程車來到芷琪簡訊告訴他的地址。這是一幢和一家五星級酒店毗連的酒店式公寓，他沒有房卡，無法啟動電梯，只得折回酒店大堂，告訴一個值班經理自己要去的房間號，那個經理打電話向芷琪確認之後，帶他去電梯，幫他刷卡，在電梯門合上之前朝他揮手道別。電梯慢吞吞上升，停下，他強忍住激動，緩步走出電梯，來到她的房間門口，按動門鈴。門開了，他詫異地看見她憔悴的病容。

她穿著灰色的睡衣，像是完全變了一個人，眸光黯淡，額頭起了許多細小的紅色斑點，頭髮和臉龐都毫無光澤，身上散發著一種病人才會有的沉滯的體味，不難聞，但卻無疑顯示生命的某一部分正在潰敗。門在他身後自動鎖上，她抱住他，把整個身體交付到他懷中。他既愕然又激動地摟緊她，撫摩她的頭髮。她一定是發燒了，渾身灼燙。

這是一間頗為寬敞的複式套房，棕色的原木地板，淡藍色的牆壁，家俱多為深紅和純白兩色，比如深紅色的立櫃、純白的沙發、純白的書架、深紅色的靠背椅。一層有廚房，有洗手間，有客廳。客廳裏擺放著一架黑色的鋼琴，通往二層的樓梯也是黑色的，欄杆則是純白的。茶几上一個豆綠色的瓷瓶，插著幾朵金黃色的菊花，開得又濃又烈。

她抬起頭，示意要到樓上去，於是他抱起她走上樓梯。樓上有書房，有臥室，有洗手間，有浴室。他輕輕地將她放在臥室的床上，想要開燈卻被她阻止了。她示意他拉開窗簾，在月光和對面酒店燈光的輝映下，臥室裏一切物體的形狀都能看清楚，雖然顏色只有不同層次的黑色、灰色和灰白色。灰白色的是她的臉，以及露在睡衣外面攤開的胳膊和手。她望著他，目光中蕩漾著怯生生的感激。

他俯下身，親吻她的額頭、睫毛、鼻樑、臉頰、耳朵、嘴唇、下頜。她雙唇緊閉，想必是擔心自己的口腔裏有異味。他撩起她的睡衣，吻她的身體，她灼燙的身上沾滿了汗水，但完全沒有鹹味，想必之前已經流過很多汗又洗過一次澡，汗水裏已經沒有鹽分。他再度與她對視，她看著他，像是審視，又像是並沒有看他，而是透過他的軀殼看著冥冥中某個神秘的記號。她心事重重的樣子不免令他張皇失措。忽然，她在昏暗中輕聲說：

「我們做愛吧。」

他頓覺悚然。

「你的病……」

「沒關係，我吃過退燒藥了。」

「可是……會不會不安全？」

「床頭櫃裏有套子，你找找看。」

一陣窸窸窣窣之聲，他脫下衣服，戴上保險套。一個期待了近十年的神聖儀式，他不是獲得了她的許可，而是被她主動要求，這足以令他在受寵若驚之餘感到驕傲。然而他又感到深深的哀愁，因為她的心事是他無從猜度、甚至不敢詢問的，因為他不能不意識到她現在甚至比平時距離他更遙遠。他戰慄著將身心投入到神聖的儀式中，瞬間被她淹沒，同時也淹沒了她。他決絕而激烈地投入著，也許那竟不是釋放一種纏綿多時的愛，而是在宣洩一種鬱結已久的恨？也許他內心某個陰暗的角落始終對她在酒吧裏放縱的那一幕耿耿於懷？

但是，無論他投入的是愛還是恨，對她來說似乎都無甚分別，因為她只是純然被動地接受著，目光依然像是透過他的軀殼看著冥冥中某個神秘的記號。直到他激烈得超出了慣常的限度，她才閉上眼睛，發出微弱的呻吟。

她一呻吟，他反而停止了，擔心會加重她的病情。

「你怎麼停了？」她睜開眼睛，略含責怪地問。

「你行嗎？……我怕你難受……」

「我沒事，你繼續。」

動作又開始了。他忘了自己是誰，也忘了她是誰，只是閉上眼睛機械地重複著激烈的動作，直到噴湧而出，直到精疲力竭。他頹然將整個身體的重量壓倒在她身上，她抱緊大汗淋漓的他，憐惜地看著他，說：「謝謝你。」

後來他們都沉沉睡了。當他早晨醒來的時候，她已經坐在梳妝檯前化妝，氣色比昨晚清爽了很多，眸光炯炯有神，但額頭仍是布滿了細小的紅斑點，好在可以用劉海遮住。她看著鏡子裏凝視著她的他，說：

「今天我要回老家，中午十一點的飛機。」
「哦，什麼時候回來？」
「現在還不知道，要處理一些事情，處理完了就回來。」
「我送你去機場吧。」
「不必了。」她回過頭來直視他，雖然語氣不算重，目光卻表示堅定的拒絕。「我留一個房卡給你，這幾天你要是願意，可以住在這裏。」
「萬一你回來的時候我不在呢？」
「沒關係，我還有一個房卡隨身帶著。」
「昨天晚上……昨天晚上你覺得好嗎？」
「好啊，我覺得很好。」
她笑了，眼角甚至都在一瞬間漾起了細微的皺紋，但是蕭鳴覺得她的笑容和房卡一樣是出於安撫，覺得她並沒有發自內心地笑。
「真的嗎？……我覺得……我覺得我不夠溫柔……」
「別胡思亂想了，真的很好，真的。」

第三十四章

芷琪走後，蕭鳴獨自留在房間裏，周遭彷彿頓時空了很多，但是她的身影又彷彿無處不在。他的心被興奮與憂傷填滿了，或者說，像憂傷一樣興奮，興奮到了憂傷的程度。他先是長久地貪婪地嗅著被子和床單上殘留的昨夜的氣息，而後覺得必須沉浸在音樂裏，於是在書房的CD架前搜尋良久，挑選了一張雷光夏的《黑暗之光》。他打開組合音響，取出放在裏面的一張CD，在把《黑暗之光》放進去之前瞄了那張CD一眼，突然感到一陣暈眩。

他定住神，認真看那上面的字。沒錯，這張專輯的名字是《紅與灰》，包含了十首歌曲，是一個四人樂隊的作品，主唱名叫方炬。CD上沒有提到是哪家公司出品，應該是樂隊自己燒製的。

他顫抖著把那張CD重新放進去，心裏猶存一絲僥幸，也許是另一個方炬呢？也許是一個同名同姓的歌手寫了一首同名歌曲？可是，很快他便聽到了那再也無可否認的旋律和嗓音：

北京的顏色
是紅與灰
為什麼紅

為什麼灰

紅是純粹
灰是頹廢
紅是高貴
灰是卑微

我迷戀紅
我塗抹灰
我奉獻紅
我化成灰

原來她最近正在聽方炬的歌！

這怎麼可能呢？她前段時間不是剛剛告訴過他，她擔心被方炬跟蹤騷擾？但如果她真的對方炬毫無興趣，她又怎會有這樣一張顯然很難在一般商店裏買到的ＣＤ？這張ＣＤ又怎麼會在她的組合音響裏？誇張的吉他聲和嘶啞的歌聲充塞著他的耳朵，不，那不是音樂，而是野蠻的噪音。

「為什麼？為什麼？」

他忍不住喊出聲來，緊接著便被自己從胸腔裏迸發出的尖利聲音嚇壞了。他的臉一定漲得通紅，因為他的軀殼正在被羞恥感的火焰燃燒著。

他關上音響，衝到樓下，猛地掀開鋼琴的琴蓋，連茶几上豆綠色瓷瓶裏那幾朵金黃色的菊花都被驚得撲簌不已。一串串痙攣的音符從他的手指下飛濺而起，像驚悚的哀嚎，又像歹毒的嘲笑。

也不知彈了多久，他累得實在彈不動了，長歎一聲，躺在冰涼的地板上。房間裏一片沉寂，棕色的原木地板，淡藍色的牆壁，深紅色的立櫃和靠背椅，純白的沙發和書架，全都靜悄悄的，全都沉默地防守，裝作對於芷琪的秘密毫不知情。

正在這時，他忽然聽到了從樓上傳來的手機鈴聲——是她，一定是她從機場打來的，她一定是要在上飛機之前跟他交代一些事情，甚至是說一些體貼的話。他立刻振作起來，渾然忘卻了方才的羞恥感，匆匆跑上樓梯，衝進臥室，拿起昨晚放在床頭櫃上的手機，按下「接聽」鍵，上氣不接下氣地說了聲「喂——」。

電話那邊卻是另一個女人的聲音，沉靜而略帶膽怯。

「你今天晚上回家嗎？」

他幾乎已經忘記了她的存在，忘記了還有一個女人在一個勉強可以稱為「家」的地方等著他。此刻他卻頓時回憶起她那宛如中學生一般的笑容，那因為溢滿笑容而下垂的眼角，緊接著又想起昨晚他出門時她失望的眼神，以及之前她一邊回避他的目光一邊唇角漾笑的樣子，一瞬間，他竟明確感受到了塵根的勃起。

「回家，當然，晚上回家。」他的語氣生硬中透著一絲慌亂，為了不讓這份慌亂繼續下去被她察覺，他隨即關上了手機。

他倒在床上，再度嗅著昨夜殘留的氣息，同時他的海綿體卻正在為另一個女人而充血。這真是一幕荒誕的場景。沒過多久，他竟睡著了。

他回到了中學教室，同桌是班級裏最漂亮的女生，但是他有些惘然，覺得跟自己同桌的應該是另一個人。他回過頭，發現原來她就坐在他身後。她低頭含笑，並不看他，只把名字寫在紙上給他看。他看著她的名字，心中泛起一陣欣慰的漣漪。

醒來已是下午，他打開音響，沉住氣聽完了那張ＣＤ。方炬還是有點才華的，也許他曾經在某個維度上打動過芷琪，也許芷琪需要在某個維度上被一個像他這樣的人打動，但芷琪是不可能與他建立親密關係的。因為芷琪縱然可以在酒吧裏把自己隨便交給一個萍水相逢的男人，但是對於建立親密關係卻是異常謹慎的，如果不是完全拒絕親密關係的話。

想到這裏，他忽然看清了昨夜的風流韻事。那只是他和芷琪之間的一夜情，也許以後他們之間還會發生這樣的一夜情，但是縱然有許多次一夜情，也並不等於持久而專一的愛情。當然這對他來說已經足夠，他本來也未曾奢望更多。

第三十五章

傍晚，蕭鳴回到住處，沒有敲門，直接用鑰匙開鎖。一開門就看見張姨和珮瓊兩人笑盈盈地坐在客廳的沙發上。

「回來了。」張姨忙不迭起身跟蕭鳴搭訕，「我過來拿幾件存在這屋裏的東西，剛巧吃上了小瓊包的餃子，拌了好幾種餡兒，味道真不錯。」

蕭鳴看到飯桌上擺滿了包好的餃子，想必是珮瓊先煮了幾個給房東吃。

張姨用溫和卻隱含著凌厲的目光瞅瞅蕭鳴，說：「小夥子，你可真有福啊，這麼手巧的姑娘被你給找到了。」又回頭對珮瓊說：「我走了，以後想做什麼新鮮菜式，給我打個電話。張姨教你，保證好吃。」

蕭鳴和珮瓊都很客氣地跟張姨說再見，目送她走下樓梯。

關上門，珮瓊低著頭去廚房煮水餃。蕭鳴渾身不自在，似有芒刺在背。

珮瓊端了一碗水餃出來，放在茶几上。蕭鳴霍然抱住她，她輕微地抗拒著，說：「幹嘛？」

「謝謝妳。」

「你今天晚上沒有同事請吃飯嗎？」她抬起頭，嗔怪地看著他，身上又散發出撲鼻的異香。他內疚地抱緊她，她撩撩劉海，順從地依偎在他懷裏。

過了幾分鐘，她說：「先吃水餃吧，涼了就不好吃了。」

她離開他，走進自己的房間，拿著筆記型電腦走出來。

「今天我在網上讀到了一首詩，很感人，你要不要聽？」

「要。」

她打開電腦，凝視螢幕，朗誦起來：

姐姐，今夜我在德令哈，夜色籠罩
姐姐，我今夜只有戈壁

草原盡頭我兩手空空
悲痛時握不住一顆淚滴
姐姐，今夜我在德令哈
這是雨水中一座荒涼的城

除了那些路過的和居住的
德令哈……今夜

這是唯一的，最後的，抒情。
這是唯一的，最後的，草原。

我把石頭還給石頭
讓勝利的勝利
今夜青稞只屬於他自己
一切都在生長

今夜我只有美麗的戈壁空空
姐姐，今夜我不關心人類，我只想你

第三十六章

夜幕降臨，張姨乘公車回到自己所住的小區門口，走進一家經常光顧的肉鋪買肉。肉鋪的胖老闆一邊割肉，一邊絮絮叨叨地說：「人心真是壞透了，現在大超市裏賣的都是注過水的肉。要買肉，只管到俺家來，俺家賣的肉都是從肉庫裏專門挑的，保證放心。」

張姨買好肉，路過燒餅店，決定買幾個蔥花餅回家。櫃檯上擺著各種各樣的餅，那一家三口都還在店裏忙碌。中年男人全神貫注地烙著餅，把握著火候，他臉上溝壑縱橫，似乎對任何人都永遠橫眉冷對。中年女人在拌餡，她看起來並不快樂，但又好像很滿足現在的生活，什麼都不用想，什麼都不去想。小夥子在用力揉麵，他光著膀子，流著汗，神情恍惚，好像渾身有一種焦灼的渴望隨著汗水一起流出來。

張姨看看他身上的汗，再看看隨著他的揉搓而不斷變形的麵團，覺得一陣噁心，轉身離去。

她路過那家小超市，遲疑片刻，走了進去。中年女老板正坐在收銀臺前，看見她，立刻熱情地打招呼。她在貨架上挑了一盒牙膏，到收銀臺結賬，趁旁邊沒有別人，壓低了聲音說：

「妳知道那家賣燒餅的吧？他們家兒子，妳得多留點神。」

「怎麼了？」女老闆頓時警覺起來，「他手腳不乾淨？」

「那可說不好，反正妳聽我的，多留點神就是了。」

「謝謝，謝謝。」女老闆一臉感激。

張姨回到家裏，偌大的房間裏只有她一個人。她把肉放進冰箱，把牙膏放進洗手間，在做晚飯之前先坐在沙發上休息一會兒。她覺得自己剛才做了一件善事，為了犒勞自己，她從茶几上的果盤裏拿起一個橘子，剝了皮，一瓣瓣塞進嘴裏。

第三十七章

夜裏下雨了。

秦廣獨自坐在黑暗中，傾聽著別墅外面白楊樹林淅淅瀝瀝的聲音，腦海裏迴旋著傍晚和王總在茶樓晤面的場景。

王總是他從前的老闆，坐了四年牢，半個月前剛從監獄裏出來。曾經的商海梟雄，如今似乎比從前更加執拗好鬥、飛揚跋扈，但是那雙布滿血絲的眼睛和那張硬生生瘦下去一圈的臉龐卻清晰地表明他已經成為時代的棄兒。他心安理得地接受秦廣的畢恭畢敬，旁若無人而又略顯癡傻地重複著一句話：

「我會東山再起的。」

可憐的王總，他到現在還不知道暗算自己的人是誰，還以為自己以虛假出資、挪用資金和職務侵佔的罪名入獄是因為得罪了地方官員。他用老領導關照下屬的口吻，勉勵秦廣在基金會好好幹，因為胖子是一個開明、有魄力的人，「在他們那群人裏很難得。」

秦廣忍不住想告訴他：「讓你傾家蕩產的人就是胖子；而你曾經的法律部主任，我，就是胖子安插在你身邊的內鬼。」他很想知道，王總知道真相之後會有什麼反應，是跳起來破口大罵揮動老拳，還是怒氣攻心昏倒在地？不管怎樣，那都將會使他以凌辱者的姿態報復對方當年的霸道，像軍閥對待士兵一樣動輒訓斥他，甚至當眾打他耳光。他們都曾在七九年從廣西打到越南諒山，當年王總已經是連長，而秦廣只是一名新兵。

然而，不僅理智提醒他在這種場合應當安於扮演唯唯諾諾的角色，在情感上，他也不免動了惻隱之心。王總之所以對他經常大聲呵斥不留情面，說到底還是因為把他當成自己人，不像對其他那些沒有當過兵的公司高層，外表客客氣氣，但內心提防。

秦廣掏出一支雪茄，剪去帽頂，再用專門的雪茄火柴點燃，輕輕甩動幾下，向外猛吹一口氣，除掉雜質，靜靜地吸起來。王總的時代結束了，那個遊走於「國退民進」和資本運作之間的草莽時代結束了。今天要想在江湖上立足，就得背靠官家，背靠那個普通人可望不可即的階層。

可笑的王總，他今天約秦廣見面，無非是想跟基金會搭上關係。但他還是擺出一副高高在上的樣子，以為可以憑這股氣勢，讓秦廣主動為自己效力。他已經不可能不這樣虛張聲勢地活下去了，他已經失去了以前的精明強幹。當秦廣敷衍說會幫他打通門路尋找機會時，一瞬間，他竟然快樂得像個小孩子，接著又瞪著眼睛，很威嚴地說：「我一直都知道，你是忠的，是不會背叛我的。」

外面的聲音更猛烈了，像是海潮沖擊著礁石，又像是千軍萬馬在急行軍。

秦廣想用對王總的鄙視來抵消自己的惻隱之心，但是做不到，反而讓兩種情緒糾結在一起，變成了對自己的厭惡。無論如何，自己當年賣主求榮的行為，放在任何時代、任何社會，都是會受譴責的吧？妻子跟他離婚，跟著妻子生活的女兒一直不願理他，不就是他的報應嗎？雖然那表面上是因為他頻繁出入夜總會，但是，妻子之所以對此絕不寬恕，不正是因為感受到了他身上存在著某種比縱情酒色更陰暗的深淵嗎？

冷雨抽打著別墅的落地窗，他回憶著一件又一件往事，讓自我厭惡的情緒像雪茄的煙氣一樣成為慵懶的享受，直到雪茄瀕臨消失。他將雪茄平穩擱置在煙灰缸中，看著它自行熄滅，然後拿出手機發簡訊：

「芷琪你好，我是秦廣，下周妳是否有空，能見個面嗎？」

幾分鐘之後，他收到了她簡短的回信：

「好的，再約。」

第三十八章

雨下了兩天，地上落滿了濕濕嗒嗒的樹葉，街邊常見的梧桐、白楊和槐樹都蕭疏了很多。天又晴了，據說這個冬天比往年暖。屋裏的暖氣也來了。

這些日子，蕭鳴是在強烈的快樂和隱隱的疑慮中度過的。快樂是跟珮瓊一起快樂，他貪婪地要，她竭其所能地給，給也是另一種形式的要。在快樂的時候，她褪盡了村姑氣質，但又保留了誘人的野性，成熟而嫵媚，身上的異香經久不散。她的野性是他要了還想要，怎麼也不夠的。尤其是在黑暗中，她化身為一匹神駿秀逸的白馬，讓他馳騁控縱，成為狂喜的牧馬神。

然而，在快樂的時候之外，她的狀態常常是沉重而抑鬱的，這時她的村姑氣質不僅沒有減少，反而更加重了。她或是一個人在廚房裏忙碌，或是靜靜地看一本安妮寶貝的小說，當他湊近她，試圖與她耳鬢廝磨的時候，她也會沉默著回應，但是似乎總有一種遷就的神情，令他覺得無趣。而每當他無趣到了一定程度的時候，她又會突然振奮起來，含情脈脈地拉住他的手，慫恿他的貪婪。

這樣周而復始的循環，不免讓他覺得疑慮。也許她的精神狀態本來就不太正常？也許他應該冷靜考慮與她的交往？但是，只要一看到她輕輕解開睡衣的樣子，他所有的疑慮就都剎那間煙消雲散了。之後，疑慮又重新聚集，因為她在沉默時的村姑氣質和快樂時的嫵媚風韻簡直判若兩人。

週末是一個明媚的晴天，天空一片明晃晃的湛藍。珮瓊說下午想跟蕭鳴一起去五道口，去那裏一家小有名氣的光合作用書房。

「妳要去買書嗎？」

珮瓊突然漲紅了臉，低下頭囁嚅道：「不是去買書……那家書店裏的咖啡館，是瓊瓊最初跟人陪聊的地方……瓊瓊想要告別過去，想要去那裏跟過去告別……以後瓊瓊再也不跟人陪聊了，瓊瓊只跟你一個人好。」

「哦？」

「你懲罰瓊瓊吧。」

「我為什麼要懲罰妳？」

「因為瓊瓊是一個貪圖虛榮的壞女人，」她突然眼淚汪汪抱住他，倚在他懷裏泣不成聲，「瓊瓊曾經、曾經很貪圖虛榮……瓊瓊第一次跟人上床，就是因為那個人請瓊瓊吃了一頓法國菜……」

她一邊哭，一邊渾身抽搐，蕭鳴不知所措，唯有緊緊摟住她。

「你懲罰我吧，快點懲罰我吧！」她急促的聲音宛如夢囈，淚水沖洗過的臉頰通紅如染。也許確實應該懲罰她，也許唯有這樣才能讓她擺脫時而快樂、時而抑鬱的循環，他抬起手，給了她一個耳光。

當手掌在她的臉上落下去的那一刻，他忽然意識到，有一個充滿鬱憤和醋意的自己真的想要揍她。他為瞥見了自己真實的慾望感到驚詫和恐懼，她卻止住了哭泣，望著他，轉而破涕為笑了。

第三十九章

五道口。

城鐵列車在車站停下，又駛出，吞吐著成群的旅客。街道上非常喧鬧，攢動的人流中有不少外國人。也難怪，這裏鄰近清華大學和北京語言大學，有不少外國留學生住在附近。咖啡館、酒吧和日式、韓式餐廳緊挨在一起。光合作用書房是一家二樓書店，號稱京城最講究情調的書店，店面設計乃至員工裝束都別具一格。

蕭鳴一進書店就看見了陸雲，她正站在靠門的書架前看書。蕭鳴喊出她的名字，她一抬眼，立刻笑容綻放。她身邊的一位男士也幾乎同時警覺地望過來。

陸雲介紹他們彼此認識。那位男士名叫張瑨，身穿立領黑色毛衣，圍著一條白圍巾，五官頗為英俊，是江南水鄉浸潤出來的那種陰柔的感覺。可惜身材不甚高，只比陸雲略高一點，應該還沒有芷琪高。他的目光閃爍不定，彷彿有點輕微的斜視，但又不像。

珮瓊剛才在書店外面看牆上的招貼畫，這時才進門。看見蕭鳴跟陌生的一男一女在一起，頓時顯得局促不安，身體略顯僵硬地格外挺直。

蕭鳴為他們彼此介紹。

張瑨瞅著珮瓊，問道：「是『珮玉瓊琚』的珮瓊嗎？」

珮瓊更局促了，說：「是的。」

陸雲問：「你說什麼？」

「我說的是《詩經》裏的句子：『有女同車，顏如舜華，將翱將翔，珮玉瓊琚。』我不是教你讀過《詩經》嗎，怎麼忘了？」

他的普通話和陸雲一樣帶一點吳儂軟語的痕跡，吐字圓潤清朗，聽起來很悅耳。

陸雲笑了：「我一時哪能反應過來。」又對珮瓊說：「你家人真有文化啊，給你起了這麼好的名字。」

「不是家人，是一個老中醫起的。」

蕭鳴想，自己的名字也是來自《詩經》，正所謂「蕭蕭馬鳴」，想不到自己跟珮瓊之間還有這樣一層緣分。他後悔先前沒有問她名字的來曆，不過，現在知道也不算晚。

這時，從書店內的咖啡館裏走出一個戴眼鏡的小老頭，用帶有粵語口音的普通話跟張瑨和陸雲打招呼。陸雲一邊揮手，一邊告訴蕭鳴，此人是香港的陳教授，約好了今天下午在這裏跟張瑨聊天，隨後她便挽著張瑨的胳膊走進咖啡館。

珮瓊的身體略微鬆弛了些，神情卻頗為古怪。蕭鳴跟她在所有的書架前都轉了一圈，挑了幾本書，付帳之後走進咖啡館，找了一張桌子坐下，點了果汁。陸雲、張瑨和陳教授在不遠處的另一張桌子旁聊天，蕭鳴側耳細聽，談的都是內地的政治思潮和社會問題。咖啡館裏相當嘈雜，他聽了一會兒就堅持不下去了。
果汁送上來了，珮瓊一副心事重重的樣子，默默喝完果汁，悄聲對蕭鳴說：「你覺不覺得那個男生有問題？」
「怎麼了？」
「我覺得……我覺得他的眼神好詭異，讓我覺得好緊張。」
「他的眼神是有些怪，不過沒你說的那麼嚴重。我覺得是你的自我保護機制啟動了，這裏的氣氛……」
她連忙止住他：「你不要再說了，我懂你的意思了。今天來這裏就是要告別過去。不過現在我想回去了。By the way，你那個女同事真漂亮啊。」
蕭鳴也喝完了自己杯中的果汁，兩人起身準備離開。
「怎麼你們現在就要走嗎？」陸雲匆匆走到他們面前，說：「要是沒事的話，晚上跟我們一起吃飯吧。」
「謝謝，我有急事，現在就要走了。希望以後還能再見到你們。」珮瓊說。
陸雲看看蕭鳴，又看看珮瓊，猜不透他們之間的關係，表情有些尷尬。
蕭鳴說：「她有些急事趕著要處理，我也要陪她一起過去，謝謝你們，下次再會。」
「那你把聯繫方式告訴我吧，以後我們會經常跟陳教授一起在北京搞一些文化活動，有消息就通知你，歡迎你參加。」陸雲對珮瓊說。

珮瓊從挎包裏拿出一張紙，寫下手機號碼和電郵地址，交給陸雲。陸雲掏出自己的名片，又回去向陳教授和張瑠各要了一張名片，交給珮瓊。然後她跟珮瓊和蕭鳴各握了一下手，笑容爽朗地和他們告別。陳教授和張瑠也略一起身，揮手示意。

蕭鳴又看見了張瑠那像斜視又不像斜視的眼神，忽然想到，這大概就是古人所說的「青白眼」吧。

第四十章

秦廣看見芷琪走進店門，起身向她揮一揮手。她看見了他，點頭示意，走到他桌子對面的椅子旁。她脫下灰色的風衣掛在椅子上，裏面仍然穿著灰色的羊毛衫，想必是故意把自己弄成灰撲撲的樣子。她坐下來，身體緊靠椅背，雙手合攏放在膝蓋上，神情有些凝重，但還比較自然。

這是一家大商場地下一層的甜品店，週末下午，商場裏熙熙攘攘，甜品店裏稍微安靜些，但也人來人往。服務員走過來問他們要些什麼，芷琪點了一壺可供兩個人喝的水果茶，秦廣搶先付帳，芷琪也沒有爭，輕聲道謝。水果茶送上來了，服務員給兩個人各斟了一杯。她的身體依然緊靠椅背，兩手依然合攏放在膝蓋上。

「今年冬天到現在一直都不冷。」秦廣說。

「是的，是不冷。」

「其實我第一次見到妳也是在冬天，兩年前的現在這個時候。」

「是嗎？」

「在那場峰會上，你在臺上給美國專家當翻譯，我就坐在臺下的觀眾席裏……」秦廣事先已經在網上看完了那場峰會的所有視頻，當時臺下坐著幾十名觀眾，他完全可以假裝自己身在其中。

「哦，那是現場口譯，我覺得我翻譯得不好，手心一直捏把汗。」

「我覺得很好。」秦廣稍稍側過臉，避免直視她，「其實，從那時起，我就……我就發現自己……怎麼說呢……我就發現自己陷入了一種莫名的情緒……」

他的聲音平靜，雖然有些斷續，但不失中年男人的成熟穩重。透過眼角的餘光，他看見她的目光好像閃了一下。那道光芒稍縱即逝，她的坐姿沒有任何變化，神情既沒有變得更凝重，也沒有變得更自然。

「但我真的沒有奢望過什麼……要不是因為湊巧知道了那個無賴想要中傷你，我真是想都沒有想過有一天會跟妳面對面交談……我不能說我是一個好人，我內心也有很無賴的一面，打過仗的人，早就相信叢林法則了……可是正因為這樣，我才知道那個無賴有可能走多遠……我才知道自己一定要保護妳。」

她凝神注視著他，聽他繼續往下說。

「問題是，我在公安分局的朋友說，那個無賴的老爸確實很有可能是被人謀殺的。」

聽到這句話，她不由自主打了個冷顫，朝天花板瞥視了一下，又強作鎮定繼續注視他。

「也許是他欠了誰的賭債，也許是有人早就看他不順眼，誰知道呢？可是那個無賴偏偏就一口咬定妳有殺人動機……我想他背後保不准有人唆使……」

她忽然笑了，笑得很輕蔑：「你是說我的前夫嗎？」

這突如其來的問話，讓秦廣無言以對。

芷琪右手端起茶杯，悠然抿了一口，平靜地問道：「那個無賴現在怎樣了？」

秦廣面露內疚之色：「我找了一個黑道上的朋友，給他一點教訓。沒想到幾個小弟下手重，把他打殘了。」

「沒出人命就好。」

她的身體不再像先前那樣緊貼椅背了，右手端著茶杯，左手也搭在桌子邊沿上。她的神情依然保持著幾分凝重，但目光似乎稍稍有些迷離。

她的手機響了，她掏出手機看了一眼簡訊，說：「對不起，我有事要先走了。」

秦廣竭力壓抑著膨脹的慾望，很有風度地說：「好的，妳忙吧，我還要在這裏待一會兒。」

芷琪站起身，穿上風衣。秦廣也心有不甘地站起身，向她伸出右手。芷琪禮貌地微微一笑，也伸出右手，但兩手剛一相握，她便立刻觸電般地將手掙脫回去。她不再直視秦廣，神情複雜莫測，說了聲「bye bye」，轉身匆匆離去。

第四十一章

週一上午，蕭鳴收到芷琪的簡訊，要他下午去公司。

自從那次一夜情之後，這些天他一直沒有去過公司，更沒有見過她。他甚至不知道她是何時從老家回北京的。他的心情很亂，他知道自己依然深愛著她，她在他心中的位置是珮瓊永遠也無法取代的。但是，為了把這份愛限制在精神的範圍之內，他必須不再跟她有肉身的歡愉。他們之間已經有過一次，那已經足夠，就在記憶裏永遠珍惜吧。

且慢，為何他一定要把這份愛限制在精神的範圍之內？難道不是因為他一直懼怕，懼怕看到她的另一面？她在酒吧裏的放縱，她聽方炬的ＣＤ……不要再往下追究了，精神之愛已經足夠，真的，已經足夠。

下午，他來到公司，先去芷琪的辦公室。

她的面容略微有些憔悴，不過精神很好。她對他似乎有一點細微的變化，多了一層私密的溫存。

「周阿姨要見你，她現在正在小會議室跟張瑨談話。」

「張瑨？你是說陸雲的男朋友嗎？」

「是啊，你認識他？」

「週末我剛好在書店碰到他和陸雲。」

芷琪接著介紹說，張瑫是一家雜誌評論部的編輯，那是一份秉持自由主義立場的月刊，在思想界小有名氣，但經營狀況不太好。周阿姨對那份雜誌每期必讀，聽說陸雲的男朋友是其評論部的編輯，便主動約他到公司來見一面。

「周阿姨也對自由主義感興趣？」

「周阿姨最講統戰了。何況張瑫也不是只會發牢騷的書呆子，在圈子裏活絡得很。你知道章晴嗎？」

「我知道，中國的時尚教母。」

「張瑫可是在章晴家裏吃過飯的人。章晴家裏的飯桌後面有一排霓虹燈，寫著『革命就是請客吃飯』。張瑫在那排霓虹燈旁邊照過相，把照片給我們看過。」

蕭鳴想起張瑫的青白眼，說：「他給我的印象倒是挺孤傲的。」

「不孤傲，章晴能讓他去家裏吃飯嗎？」芷琪笑了，「我這裏有一本他送我的詩集，是他自己寫的，你要不要看一看？」

蕭鳴打開那本印製精美的《愁予集》，扉頁上用俊秀的小楷寫著「芷琪女史雅正」，裏面都是舊體詩詞。他隨便翻了幾頁，不禁皺起眉頭。

「怎麼了？」

「他完全是堆砌《楚辭》裏的意象，你看。」他把詩集遞給芷琪，「『那堪赤縣雨冥冥，鬼語啾啾狖夜鳴』，這是來自《山鬼》的『雷填填兮雨冥冥，猿啾啾兮狖夜鳴』；『何當遠涉帶長鋏，霰雪霏霏山峻高』，這是來自《涉江》……」

「得了，」芷琪打斷他的話，「能堆砌《楚辭》的意象已經算是才子了。他這本詩集的名字也是用『目眇眇兮愁予』的典故，已經告訴你是抄《楚辭》了。」

這時，他們聽見周阿姨和張璿走出小會議室，周阿姨笑著誇獎張璿「成熟」，張璿則謙恭地表示自己很有收獲，請周阿姨多指教，然後兩人互相道別。

芷琪收起詩集，說：「你去見周阿姨吧。」

蕭鳴向小會議室走去，周阿姨正好也迎面走來，對他慈祥而略顯尷尬地笑了笑，說：「對不起，我先去一下洗手間，你等等我。」

蕭鳴在小會議室裏等周阿姨。一位以前沒有見過的女員工進來，端走了用過的茶具，轉身又送來了一壺新沏的龍井茶和兩個茶杯。周阿姨回來了，她先詳細詢問了蕭鳴的履歷，然後親切地問他對動畫片的情節構思有何想法。

蕭鳴這些天一直沒有對此花費多少心思，此刻只能支支吾吾地敷衍幾句。

周阿姨扶了扶無框眼鏡，說：「其實思想性和趣味性完全是可以統一的。我前段時間看梁羽生的散文，他說自己很喜歡《牛虻》和《鋼鐵是怎樣煉成的》。也有一些評論家說過，《七劍下天山》是《牛虻》的翻版。可是普通讀者能想得到嗎？他們只會覺得《七劍下天山》是一個中國歷史上的故事。所以，你要放開思路，完全可以把武俠的元素、儒釋道的元素都放進來。當然，中心思想是集體主義，是呼喚新的精神領袖。」

「我就是對您說的這個精神領袖的形象缺少直觀的把握。」

「就拿武俠來打比方吧。他應該出身武林世家，名門正派，但在少年時代經歷了一場飛來橫禍，一度被人視為邪魔外道，這樣的經歷也磨練了他的意志。後來他又恢復名譽，回到了名門正派，在總舵裏擔任一名護法。可是他發現名門正派已經很守舊很僵化了，江湖上的邪魔外道又蠢蠢欲動，想置名門正派於死地。

「於是這個人就想要改造名門正派，可是不行，雖然他的武功很高，為人也很好，但是別的護法都反對他，掌門對他的態度也是忽冷忽熱。後來那些人索性把他排擠出總舵，去一個偏遠的分舵當負責人。可是他們沒有想到，這樣剛好成全了他。好了，我就講到這裏，情節還是請你來構思，不一定是武俠，不妨採用別的元素。」

蕭鳴想，周阿姨和芷琪的思路何其不同。當初芷琪是把情節設定在未來，氣候變暖和資源消耗導致人類處境岌岌可危，需要透過集體主義價值觀克服自私，走出困境。而周阿姨卻是把情節設定在充滿鬥爭的江湖裏……芷琪真的知道周阿姨想要什麼嗎？

第四十二章

接連幾天，蕭鳴都窩在家裏根據周阿姨提供的思路構思情節。直到這一天上午寫到「精神領袖」去分舵當負責人，實在編不下去了，便出門乘坐公車進城，到學生時代經常光顧的三聯書店翻書找靈感。

中午，他正在書店旁邊的一家陝西麵館吃午飯，手機響了，是珮瓊打來的，聲音有些不知所措。

「週末在書店遇到的你那個同事的男朋友，張瑨，剛才打電話找我，問我今天下午能不能去他的雜誌社討論選題。」

她接著解釋說，張瑨先問她讀不讀網絡小說，有沒有上過一個以愛情、耽美小說為主的女性文學網站「晉江原創網」。她說知道，不僅知道，她還是那家網站的熱心讀者。張瑨接著告訴她，盛大網絡公司今天宣佈參股「晉江原創網」，是繼其收購「起點中文網」之後的又一個將原創文學類網站納入囊中的大手筆，他想在雜誌上對此事略作評點，所以想請她去雜誌社聊一聊。

「好啊，妳進到雜誌社裏面去看一看，長長見識。」

「可是他以為我是大學生，還問我下午有沒有課。要是他發現我不是大學生，我該怎麼辦呢？」

「這跟妳是不是大學生沒有關係。只要妳能給他足夠的資訊，讓他把選題做出來就行了。如果他問妳是不是大學生，妳就實話實說。」

「噢。」她似乎很沉重地歎了一口氣。

蕭鳴吃完午飯，繼續回書店看書。尋找創作靈感只是一個藉口，他看的幾乎全部都是跟手頭的工作毫無關係的閒書。直到暮色降臨，他才買了幾本研究日本動漫的書回家。路上堵車，到家的時候，天已經完全黑了。

珮瓊笑嘻嘻地開門，像是早就憋了一肚子話要跟他說。

「今天下午太可樂了！先是跟張瑨聊選題，然後又跟雜誌的主編聊。主編是個老頭，他從來沒聽說過『耽美』這個詞，問我耽美小說是什麼。我說，耽美小說就是同性戀小說，主要是講男同性戀的故事。你真該看看他當時的表情，整個呆住了，傻愣傻愣地坐在那裏，過了好一會兒才緩過氣來問我，『這種小說都是什麼人寫，什麼人看啊？』我說，女生寫女生看啊，結果他又傻愣傻愣地坐在那裏。」她忍不住笑得直打跌。

如果換成另外一個日子，蕭鳴或許會被她孩子氣的快樂所感染，但是今天他剛在書店裏用高雅文化給自己充了一天電，所以不禁微微皺起了眉頭。

珮瓊完全沒有注意他的表情，繼續說：「我發現我那天在書店裏對張瑨的第一印象完全顛倒了，他這人其實特別好玩。我一去就告訴他，我不是大學生。他說，這不可能，我在騙他，我肯定是北大的。我反覆說我沒有騙他，我真的沒上過大學，到最後他才相信了。」

蕭鳴想起張瑠那像斜視又不像斜視的眼神，想到一個有著這種眼神的人在珮瓊面前裝呆賣萌，一股厭憎之情油然而生。

「想不到他還是一個才子呢，」珮瓊轉身拿了一本印製精美的小冊子，「這是他的詩集，《愁予集》，裏面全都是舊體詩詞，是用繁體字印的。我問他為什麼不用簡體字印，那樣更容易看，他說，簡體字根本配不上中國古典文化。」

蕭鳴從鼻孔裏哼了一聲：「垃圾。」

珮瓊先是詫異和難以置信，然後漸漸變成了失望和無趣，但仍是笑著說：「你說什麼？」

「我說它是垃圾。」

「那你總該有個理由吧，說說看，你為什麼覺得它是垃圾？」

「垃圾就是垃圾，還有什麼好說的？」

「說說看，你為什麼覺得它是垃圾？」

「為什麼是垃圾？這個問題還用問嗎？不但這本書是垃圾，他這個人也是垃圾。」

珮瓊的神色從失望和無趣變成了隱忍的憤怒，咬緊嘴唇說：「你不帶這樣的，不帶這麼攻擊人的。」

「我哪裏攻擊人了，我只是在陳述一個事實。」

珮瓊氣得身體發抖，煞白的臉上泛起一絲冷笑。

「你真是太可笑了，沒見過你這麼小心眼嫉妒人的。」

「我有什麼好嫉妒的？」

「你照照鏡子看看你現在的樣子。」

「有什麼好照的？」

「去雜誌社也是你勸我去的，回來了你又小心眼成這個樣子。你看看你還像不像男人？」

蕭鳴想要解釋幾句，但又覺得沒有必要也沒有心情解釋。飯桌上擺著香噴噴熱騰騰的兩盤炒菜和一大碗湯，他走進廚房想要盛飯。

「我的飯是做給男人吃的，你不要吃我做的飯。」

蕭鳴但覺怒火上沖，硬生生在喉嚨口壓住，轉身進了自己的房間。

那天晚上他們沒再說一句話，第二天上午也沒有，中午也沒有。他的晚飯是靠吃泡麵解決的，第二天的早飯和午飯也是。她第二天中午沒有做飯，把前一天晚上的剩飯在微波爐裏加熱了，自己一個人吃。吃完午飯，她在洗手間裏梳妝打扮了一番，沒有理他便出門了。關門的時候「哐啷」一聲，震得房間角落裏灰塵飛揚。

第四十三章

這是一條幽靜的胡同，兩邊平房的灰色牆壁，映襯著略微西斜的陽光，沉悶滯澀之中浮動著一縷慵懶明媚。一男一女並排走著，男人很是悠閒灑脫，女人則有幾分拘謹。

「我覺得妳是一個很特別的人，」張瑨說：「說實話，我還從來沒有見過像妳這樣有詩情的女孩。」

「怎麼會？你認識那麼多女作者，難道她們會沒有詩情嗎？」

「她們只能說有一點才情。才情跟詩情是兩回事。才情是說一個人有辦法表現美，寫作、畫畫、唱歌，諸如此類；詩情是說一個人本身就是美的，跟大自然的美息息相通。」

「你的女朋友就很美呀，她應該很有詩情啊。」

「我的女朋友是很漂亮，可是她的漂亮並不跟大自然的美息息相通。」

「那是因為你女朋友是城市裏長大的，我是從大山裏出來的。」

張瑨停下腳步，珮瓊也隨之停下。

「妳是很有大山裏的精靈的感覺。讓我好好看看妳，猜猜妳是從哪座山裏出來的。」

「我老家的山一點都不有名，你猜不出來的。」

「我可以猜猜是哪一座山脈的山。」

「中國有那麼多山脈，你都知道嗎？」

「我的中國地理學得很好的。」

「可是你不可能每條山脈都去過，不可能知道每條山脈裏的人到底是什麼樣子。就是瞎猜，沒有意思。」

「我不是瞎猜。我沒有行過萬里路，可是讀過萬卷書，每條山脈大致是什麼樣子，能孕育出什麼樣的人，我心裏是有數的。」

「好吧，讓你猜三次，三次還猜不中就輸了。」

張瑨目不轉睛地端詳著珮瓊的臉龐，持續了一分鐘左右，珮瓊兩頰不禁微微泛起紅暈。張瑨說出了一條山脈的名字，珮瓊搖頭；張瑨又說了一個名字，珮瓊還是搖頭；張瑨露出很苦惱的神色，珮瓊眼睛裏漾起笑意；張瑨閉上眼睛，思索片刻，睜開眼響亮地說出一個名字，珮瓊噗哧笑了。

「又錯了，你輸了！」

「不會吧，這次還是錯？」

「你根本就是瞎猜，我再也不會相信你說的話了。」

「那妳告訴我吧。」

「我偏不告訴你。」

珮瓊一邊說，一邊轉身向前走，神情似嗔似笑，頭卻不由自主地低了下去。

第四十四章

方炬在電腦上看完了下載的影片《色・戒》。他感到憤怒，這不是醜化愛國志士嗎？但他又不太能確信自己應該憤怒，畢竟，梁朝偉扮演的易先生在最後露出了猙獰的本相。可是，為什麼不讓湯唯扮演的王佳芝在最後來一段懺悔呢？懺悔自己破壞了組織的暗殺行動，懺悔自己在情慾的驅使下淪為叛徒。情慾啊，從來都是火坑。

他已經很久沒有洗澡了，本來計畫今天白天洗澡，但是現在鬱悶的心情讓他可以再度忽視渾身的塵垢和黏癢。他的體味想必已經很重了，沒關係，就讓那些小布爾喬亞們從他身邊掩鼻而過吧，他就是要讓他們難受，因為他們身上的香水味早就讓他難受。

他走出小區，在街上溜達。夜幕降臨，人流擁擠，街道兩旁的店鋪燈火通明。他討厭嘈雜，便走進一條胡同，可是也不願走太深，因為太幽靜也會讓他感到莫名的恐懼。

胡同裏不深不淺的地方有一家裝潢別致的小飯店，他走進去，找位子坐下，點了菜。他還沒有從電影裏回過神來，頭很暈。

鄰桌一男一女的交談聲吸引了他的注意力。在他的位置上可以看見女人的背影和男人的面孔，當他向那個男人望去的時候，對方也瞥了他一眼，像斜視又不像斜視，臉上本能地閃過一絲鄙夷之色。

服務員送來了免費的茶水，他喝著茶，再向那個男人望去，對方已經完全忽略了他，目光閃爍不定地注視著同桌的女生，堪稱英俊的臉龐好像浮了一層油光，帶有吳儂軟語痕跡的普通話一句句清晰地傳到方炬的耳朵裏。

「就因為這部電影，有一個中國政法大學的博士生，把電影院和廣播電影電視總局告上了法庭。你猜是為什麼？因為電影院放映的是刪節版，情節不完整，侵犯了他的公平交易權和知情權。」

「Really?」

「當初我女朋友去電影院看，我就沒跟她去。電影院裏放的肯定是刪節過的呀，那還能看嗎？要是別的影片也就罷了，《色・戒》不一樣，它的靈魂就是床戲呀。」

「為什麼你會這麼覺得呢？」

「《色・戒》的主題是什麼？主題就是人性的基本慾望勝過抽象的愛國主義。王佳芝為什麼會被易先生征服？因為易先生讓她體會到了做女人的快樂，她其實到死都沒後悔的呀。她的那些同志能給她什麼？鄺裕民作為一個男人，跟易先生是沒法比的呀，你說是不是？」

「鄺裕民是女生心裏喜歡的那種吧。」

「心裏喜歡頂什麼用呀，最後讓王佳芝死心塌地的還是易先生啊。所以說床戲是靈魂，沒有床戲，王佳芝的轉變就顯得很突兀，她最後怎麼就幫起易先生來了呢？是不是犯神經病了？……」

女人笑得渾身打顫。方炬的怒火直往上湧，真是一對狗男女，恬不知恥。

「有人要說了，易先生是漢奸，跟漢奸上床是不對的呀。對這種人，我要問，你們看床戲的時候，看到易先生跟王佳芝在床上很high的時候，有沒有把自己帶進去，有沒有哪怕只是一個片刻，如果你是男人，會希望自己是易先生；如果你是女人，會希望自己是王佳芝，去體會那種火燒火燎的high的感覺？如果你的回答是肯定的，那就說明你自相矛盾；如果你的回答是否定的，那我只能對你表示同情，你有性功能障礙，應該去看醫生。」

方炬再也按捺不住了，是可忍，孰不可忍。他揮手叫一個女服務員過來，掏出一張五十元的紙幣放在桌子上，示意她拿走。就在女服務員對他的舉動不知所措的時候，他已經起身走到鄰桌那個男人身邊。那個男人剛要抬頭看來人是誰，方炬已經重重地摑了那個男人一個耳光，連他自己都沒想到下手會這樣重。

「啊！」同桌那個女人發出一聲尖叫。

「漢奸狗崽子，這次算是輕的！」方炬的手像老虎鉗一樣用力捏住那個男人的下巴，「下次再讓老子看到你噴糞，打斷你的狗腿！」

說完，方炬放開手，頭也不回地走出飯店。他做好了心理準備，等著那個男人從後面追上來，用酒瓶砸向他的後腦勺。但這並沒有發生，他安全地走出幽靜的胡同，走上擁擠的街道，走回家裏，放水洗澡。他的心情輕鬆了很多。

他媽的，這次真的算是輕的。

第四十五章

飯店裏的人都把目光向這張桌子投射過來，有些人幸災樂禍地微笑，有些人竊竊私語。老闆站在收銀臺後面大聲問服務員，剛才出門的客人有沒有付帳，一個女服務員拿著一張紙幣走過去，解釋了好一會兒，最終老闆沉著臉大吼一聲：「傻逼！」

珮瓊掏出手機想要報警，被張瑨攔住了。

「算了，警察不會管的。」他的半邊臉已經被打腫了，笑得有些淒涼，「再說，我也不想因為這點小事，就把自己的私生活暴露給國家機器。」

他們沉默地吃完飯，張瑨付了賬，開了發票。兩個人再度走在幽靜的胡同裏。

「我去買些膏藥給你貼上吧。」珮瓊怯生生地提議。

「算了，我家裏有膏藥，回去找找就行了。」

「那個人真可惡，真變態！」

「算了，他就是一條可憐蟲。肯定是我們的談話讓他的自尊心受傷害了。」

「那他就敢動手打人？」

「他動手，就說明他已經輸了。」

「可是他打你了啊！」

「在中國這樣一個民智未開的國家，當一個自由主義者，本來就是要有心理準備的。」

「什麼樣的心理準備？」

「也許有一天，暴民們會把我抓起來，拳打腳踢，開批鬥會，甚至送上斷頭臺。可是我無論如何都不會恨他們，只會可憐他們，原諒他們，因為他們並不知道他們做的是什麼。」

珮瓊停下腳步，迷亂地望著張瑨。她忽然向前走上一步，緊緊抱住他狂吻起來。

「傻瓜，你真是個傻瓜……」她喃喃自語，宛如夢囈。

張瑨先是有些緊張，但很快便熟練地配合著她，雙手迅速探入她的衣衫，手指不由分說滑向她的私處。

珮瓊的手機響了，是簡訊。她中止了親吻，掏出手機，看了一眼螢幕，隨即關上手機。

一隻黑貓伏在屋頂的瓦楞上，睜大眼睛，注視著這一對在幽暗中擁吻的男女。

第四十六章

蕭鳴做好了晚飯，等珮瓊回來。為了做這頓飯，他先是在網上查了食譜，又去樓下菜場裏買了好幾樣菜。夜幕降臨，他給她發了一封簡訊，表達了自己的歉意，希望她回家吃飯。

時間一分鐘一分鐘地流逝，他的心情也一點一點地從滿懷期待變成了充滿焦慮。飯菜都涼了，珮瓊一直沒有回簡訊，他給她打電話，她的手機卻已經關機。他終於忍不住餓，自己先吃了晚飯。

到了十一點鐘，她還沒有回來，手機依然關機。一些從電影電視裏看來的事故，或是凶殺現場的畫面，開始在他眼前縈繞。他走出房間，在小區門口徘徊，每當有一輛計程車遠遠駛來，他就油然升起一陣激動，但每次計程車停下來之後，從裏面出來的乘客總是讓他的心猛地下墜。

天很冷，他實在堅持不下去了，臉色慘白地回到家裏。時間已是凌晨兩點鐘，他把剩下的飯菜收進冰箱，推開朝北的小房間的門，把她的被褥和枕頭搬到客廳的沙發上。他在沙發上躺下，嗅著被子和枕頭上她殘留的異香，輾轉反側，決定天一亮就去報案。

天快亮的時候，他竟睡著了。直到聽見鑰匙在鎖孔裏轉動的聲音，他才驀然醒過來，掀開被子，站起身，珮瓊已經推門進屋，一股寒氣也跟著襲進屋裏。她披散著頭髮，臉頰凍得通紅，神情卻顯得若無其事。

他懸了一夜的心終於放下，怨氣陡然上升。

「妳到哪裏去了？怎麼現在才回來？」

她低頭把門關上，平靜地說：「師範同寢室的姐妹來北京，我去看她了，跟她在旅館裏住了一夜。」

「那妳為什麼不打電話跟我說一聲？」

她抬起頭，略含輕蔑地看著他，慢慢地說：「你當初一夜不歸，不也沒有給我打過電話嗎？」說完，她冷笑著走到沙發前，抱起枕頭被褥，揚著頭走進自己的房間，「哐啷」一聲關上門。

他怔怔地站了幾分鐘，喉嚨彷彿噎住了，一種悲涼、悔恨和羞恥相混雜的黑色情緒緩緩湧上來，終於支撐不住，頹然坐下。

珮瓊走到小房間的北陽臺上，呵著手，紅紅的臉上洋溢著意亂情迷的喜悅，簡直光芒四射。在清晨的陽光下，曠野一覽無餘，幾乎全是灰色，連接著天際淡灰色的山影，看不到一絲綠意，冰封的河流閃耀著細碎而鋒利的光。

時間在冰冷的氛圍中迅速逝去了。將近中午，蕭鳴正在自己的房間裏構思動畫片的情節，聽到了輕輕的敲門聲。他打開門，珮瓊站在門口，低著頭，雙手擺弄著衣角，囁嚅道：「對不起……我應該對你說實話……」

她抬起頭，膽怯地看著他。

「昨天晚上……我跟張瑨上床了。」

「啊？」

他的腦殼彷彿裂開了，嘴裏瞬間充滿了苦味。她看著他，臉上浮現出濃重的歉意，像某種灰色的油脂一樣浸透了肌肉的每一道紋理，令她的膚色比平時暗了許多——但只是歉意，不是悔恨。

驚詫中，他想要抓住她的手，但是她敏捷地閃開了。雖然她眼裏滿是歉意，但也不容置疑地表明了對他的戒備和拒絕。他無奈地縮回手，指尖顫動不已。

「妳不知道他有女朋友嗎？」

「我知道。」

「那妳還……」

「我不在乎。」

「妳知不知道他就是在玩弄妳？」

「你不要這樣說，是我自己貪心。」

「妳說什麼？」

「是我自己貪心。」

他的憤怒和怨艾忽然消失了，只剩下悲涼和茫然。

「算了，我不怪妳。」他一邊說，一邊再度試圖拉她的手，但她仍是閃開了。

「對不起，I have to leave you……」她繼續擺弄著衣角，眼裏的歉意更濃重了，但卻閃爍著一絲驕傲的光芒，「我要搬出去住。」

「妳真以為他會跟你在一起嗎？」

「我說過了，是我自己貪心。」

蕭鳴有很多話堵在喉嚨口，可是一個字也說不出來。他感到一陣天旋地轉的暈眩，眼前一陣發黑，要倚著門框才能勉強支持住。

「對不起……我就是這樣的人。」

「妳知不知道……妳知不知道我有多難過……」他實在支撐不住了，倚著門框蹲下來。

「對不起……」她仍是站著，擺弄著衣角，眼裏不但有歉意，還有同情，但是絲毫沒有悔恨。相反，在她灰暗的膚色下，似乎有一種極其明亮的青春的光彩就要噴薄而出。

第四十七章

幾天過去了。

京城迎來了入冬的第一場雪，是雨夾雪。空中飄灑著密密的雨滴和雪粒，屋頂上間或有一些薄薄的白，地面則是一片潮濕和泥濘。蕭鳴乘坐計程車去公司，一路上，他竟產生了一種幻覺，彷彿整個車流都是一支送葬的隊伍，因為哀悼，所以才行駛緩慢。

珮瓊昨天上午搬出去了，他也在昨天晚上完成了動畫片的情節設計，寄給了芷琪。然後是一個無眠之夜，格外孤獨冷清，不僅沒有她的陪伴，甚至無法像之前幾個獨眠的夜晚那樣，在深夜聽到她起床進洗手間的聲音。是的，他對她是那樣依戀，就連她小便時發出的細細的流水聲，都能讓他感到內心的暖意。

陸雲想必還蒙在鼓裏，她有權知道真相，他一定要找機會把真相告訴她。

然而，當他走進公司，看到正在房間裏穿梭的陸雲的時候，這個念頭便立刻打消了。她像往常一樣快樂而自信地微笑著，那是一個沉浸在戀愛中的女人才會有的快樂和自信。無論如何，他都不該是那個告訴她真相的人，除非他的目的僅僅是懲罰張瑨。但是，他至少還保留著一份自尊，張瑨這種人根本不值得他動怒。

芷琪看見他來了，清脆地喊了一聲，要他去她的辦公室。

「我看過你的情節設計了，正想給你打電話呢。我覺得很荒唐，完全是武俠小說的濫套，完全是吹捧主人公的個人魅力，一點思想也沒有。」

「我完全是按照周阿姨的思路寫的。」

「我知道這不可能是你的思路，我也知道她為什麼要你這樣寫。」芷琪罕見地流露出不耐煩的神情，「我要寫信跟她說清楚，不能這樣。」

第四十八章

午後，雪停了，時而從雲縫中微微篩下幾縷淡淡的陽光。張瑨和珮瓊手挽著手，走在長長的胡同裏。

她的臉上蕩漾著夢幻的笑容，顯得十分俏麗，目光飽含崇拜，聽他不緊不慢地講述一些他那個圈子裏的事。

「江陽一直把自己主編的那本雜誌當成屠龍寶刀，自以為『號令天下，莫敢不從』。沒想到今年七月，他突然被上頭一紙公文，罷免了主編職務，捲鋪蓋走人。聽到這個消息，我們主編高興的啊，笑得合不攏嘴，說總算把這個瘟神給請走了，還在辦公室裏鋪開一張宣紙，揮筆寫了兩行字：『借問瘟神欲何往，紙船明燭照天燒。』」

「你說的這個江陽是壞人嗎？」

「在我們主編眼裏當然是啦。我們是自由主義，他是新左派，當然勢不兩立啦。其實我對江陽的印象還不錯。我在採訪各種學術會議的時候，見過他好幾次，覺得他既沒有很衝的霸氣，也沒有很深的心機，就是一個面相有點苦，骨子裏很頹的人。」

「那他為什麼能有這麼大的……」話說到一半停住了，她知道有一個合適的詞，卻一時怎麼也想不起來。

「妳是問他為什麼能有這麼大的話語權嗎？時勢造英雄唄。說來說去，原因就是國企改革。自由主義是支持國企改革的，不改革，中國就進不了ＷＴＯ。可是一改革呢，又有那麼多工人提前下崗，買斷工齡，成了改革的犧牲品。工人階級以前號稱主人翁，現在淪落到了社會底層，總得有人替他們說話吧。江陽就是知名學者裏面站出來替下崗工人說話的一個人。」

「這麼說他是好人了？」

「嗨，那倒也難講。中國的國企是大鍋飯，工人上班吊兒郎當，再說很多工廠在技術上早就落後了，早該關門了。中國不進ＷＴＯ能行嗎？」

「你是說，國企非改革不可？」

「是啊，可是問題就在這裏，誰也不敢說國企改革就是公正的，最支持國企改革的人也不敢這樣說，說了當心天打雷劈。現在的有錢人裏面，有多少是藉著國企改革的機會，私吞國有資產，賺到了自己的第一桶金。吃虧的都是老實人，這些人當然懷念毛澤東時代了。」

珮瓊沉思片刻，神情嚴肅地說：「我可不要回到毛澤東時代，我寧願餓肚子，也不要活得不自由。」

「是啊，要是在那個時代，我們肯定會被當成流氓抓起來，遊街示眾。」

珮瓊驕傲地挺起胸，凝視著張瑨，笑容愈加夢幻：「這麼說，我倒想回到那個時代了，看看他們能把我們怎麼樣。」

往前走，拐一個彎，就是南鑼鼓巷。這裏有不少酒吧、飯店和點心鋪，還有很多創意小店，出售各式各樣的創意小物件。石板路漸漸乾了。他們一起吃了紅豆雙皮奶，吃了烤翅和咖啡包。珮瓊在一家店裏挑了一雙好看的布鞋，在另一家店裏挑了一個可愛的瓷器娃娃，張瑨含笑買下送給她。

此時，方炬也正在南鑼鼓巷裏轉悠。他終於在一家小店裏買到了尋覓已久的印有毛主席在天安門接見紅衛兵畫像的T恤，當即穿在身上。他走出服裝店，外套的拉鏈敞開著，露出T恤上的圖案。他與曾經在飯店裏遭遇的那一對男女擦肩而過，卻彼此都沒有注意到對方。

走出南鑼鼓巷，方炬感到一陣強烈的衝動，叫了一輛計程車，又來到了郊區那片廢棄的廠區。敞開的院門無人看守，他下了車，徑直往裏走，周遭一片沉寂。上次來的時候，梧桐樹上還有很多葉子，現在都落光了，道路兩旁的冬青樹叢依然青翠茂密。

空氣濕冷，陰雲再度變得濃重。他又來到了那座平房門口。還是那個密碼鎖，他忍不住又輸了一遍以前的密碼。當然，門是不會開的，她已經更換了密碼。

正在這時，附近傳來車輪碾過枯枝敗葉的聲音，他心中一驚，當即躲藏到冬青樹叢背後。

一輛暗紅色轎車和一輛黑色轎車一前一後駛來，在平房門前停下。從第一輛轎車裏下來的當然是芷琪，身穿一件灰色風衣，神情平靜。從第二輛轎車裏下來的人，身穿一件棕色風衣，眼睛瞇成一條線——竟然是他！

方炬險些喊出聲來，他沒想到會在這裏再次見到那天晚上救他的那個姓秦的中年男人，更無法想像他竟然會跟芷琪在一起。

也許他們是在酒吧裏剛剛認識？但是即便如此，也未免過於巧合了。

奔湧而來的思緒在他的腦海裏攪起了一個巨大的漩渦。那個夜晚，那輛黑色轎車主動在他身邊停下，玻璃窗緩緩搖下，那個中年男人嘴角掛著一絲陰森而嘲諷的微笑。不可能，這不可能是巧合，背後一定有問題！

這時，芷琪已經打開密碼鎖，跟秦廣走進房間。

第四十九章

進門的大廳就是寬敞的畫室。芷琪打開燈，接著打開窗戶，清冷的空氣頓時灌進來。秦廣脫下棕色風衣，她則依然穿著那件灰色風衣。

地上擺著一幅幅油畫，有風景，有靜物，還有抽象的圖案，色彩飽滿、糾纏、絢爛。幾幅以花為主題的畫，尤其令秦廣想入非非。那些花朵經過變形處理，在他眼裏渾如正在舒張或收縮中的女性陰部，很有濕潤之感。

直到走進這間畫室之前，他在她面前一直小心翼翼地扮演成熟穩重的愛慕者角色。她對他的戒備似乎也正在一點點放鬆。下午他約她在她公司附近的一家咖啡館見面，談話中她無意間提到自己業餘喜歡繪畫，他便很誠懇很溫柔地請求她讓他看看她的作品。她有些遲疑，但還是勉強答應了。

一瓣瓣偽裝成花朵的女性陰部撩動著他的慾望。算了，卸下沉重的面具，直接進入遊戲狀態吧，這麼好的環境，這麼好的機會，房間外面整個廢棄的廠區都一片安謐。

他轉過臉看著芷琪，仍然是很誠懇很溫柔的口氣，問：「妳畫畫都是跟誰學的？我想知道名字。」

「就是一個普通人，你無須知道名字。」她的回答相當冷淡。

秦廣笑了。

「我知道妳為什麼不敢告訴我，因為教你畫畫的人，就是殺死閻王的人。」

芷琪怔住了，神情先是驚駭，然後是恐懼，滿臉通紅。

「他也是妳媽的情人，妳還單戀過他，對不對？」

似乎從冥冥中傳來一聲脆響，彷彿有一面鏡子瞬間被撞得支離破碎，她的臉色從通紅轉為慘白。秦廣感到一陣強烈的欣喜。她被他擊潰了，完完全全地擊潰了，在這間愛巢裏跟她上床的那些男人頂多只是放肆地剝下她的衣服，他現在卻是恣肆地剝下了她的人格。

他走近她，勃起的塵根堅硬如鐵。他現在就要刺穿她，同時刺穿她的肉體和靈魂，用她身上隱秘濕潤的花朵安放自己所有的慾望和情感。只要他能得到她，他就一定會變成一個好人，一個真正用心呵護她的人。

但是她閃開了，冷冷地說：「請自重。」

「自重？這裏本來就是妳的愛巢，是妳從酒吧裏帶男人回來過夜的地方。妳既然肯帶我來這裏，就說明妳有意。大家都是成年人，何必裝模作樣？」

「你胡說！」

她的臉色瞬即從蒼白變成鐵青，憤怒地盯著他，這是她最後的防禦嗎？秦廣覺得自己十拿九穩了。只要擊潰這一層精神防禦，再趁勢突破她身體上的防線，他就可以徹底征服這位未來的副行長夫人了。

「妳知道嗎，這屋裏有我安裝的攝像頭。」
她呆住了，嘴唇翕動，卻一個字也說不出來。
「我還知道那個被妳刺了一刀的蒙面男人的下落……」
芷琪聽他說這句話，突然充滿了憂傷。
「我果然沒有猜錯，妳心裏喜歡他，他那麼虐待妳，妳還喜歡他。原來妳就是喜歡被虐——」
說著，他一把摟住她，她一邊拚命掙脫，一邊抬手給了他一個響亮的耳光。她這樣做的效果只是更加激起他的慾火，他要讓她知道他的厲害。
忽然，他眼角的餘光瞥見一個黑影從敞開的窗戶躍進房間，還沒等他反應過來，那個黑影已經飄到他身邊，對準他的太陽穴就是一拳。他一閃，拳頭打在臉上，差點沒把牙齒打掉。他一個踉蹌，鬆開雙臂，那個黑影緊跟著又是一腳，踹得他一屁股坐在地上。
接下來是一陣拳打腳踢，讓他根本無法招架。直到大約一分鐘以後，芷琪發出一聲嚴厲的叱責。
「住手！」
來人驀然住手，緩緩轉過臉，看著芷琪。芷琪也正在直視著他。
「你沒有資格打他，你跟他沒分別！」
她發瘋似的怒吼著，聲音近乎嘶啞，眼神卻充滿了憂傷和憐憫。
來人霍然一驚，觸電般地低下頭。沒錯，他就是方炬。
秦廣臉上青一塊紫一塊，鼻血流滿了上衣。他坐在地上，捂住鼻子，大口喘著氣。

芷琪的目光轉向他，冷冷地說：「我明白了，嚴治安的故事都是你編的，目的就是為了接近我，要挾我。」

寒風吹進敞開的窗戶，畫布上那些宛如女性陰部的絢爛花朵彷彿都被吹得瑟瑟作響。秦廣直到這時才知道打自己的人是誰。

真是奇恥大辱，眼看就要到達峰頂，誰知竟然在瞬間功敗垂成。

「請你把攝像頭拆了，然後滾遠點，以後請不要讓我再看到你。」

雖然已經顏面無存，但或許正因為顏面無存，秦廣感到自己有必要保持最後的尊嚴。他彬彬有禮地向芷琪借了一把螺絲刀，熟練地拆下藏在暖氣管後面的攝像頭。然後，他像一個在國際比賽中很有風度地認輸的棋手那樣，面帶僵硬的微笑，盡可能優雅地拿著攝像頭走出房間，驅車離去。

屋裏只剩下方炬和芷琪兩個人。

脊椎冒出凜凜寒氣，頭又彷彿裂開似的痛。自從剛才的瞬間對視之後，他一直不敢看她。終於，他聽見她冰冷的聲音。

「你也一樣，以後請不要讓我再看到你。」

第五十章

夜深了，芷琪一個人在畫室裏全神貫注地畫畫，臉上似有淚痕。油彩在畫布上塗抹著，紅紅白白的罌粟花在蔚藍天空下盛開。手機響了，是周阿姨打來的。

「我看了妳的信了。」周阿姨的聲音像往常一樣和藹。「我不理解為什麼妳一直反對我的想法，能說說妳的立場嗎？」

「我不希望跟那個人走得太近。我是相信中國現在需要精神領袖，但無論如何不是他這樣的人。」

「為什麼？」周阿姨的聲音頓時充滿了戒備。

「那個人在文革的時候有血債，現在也毫不悔改，變本加厲，當了封疆大吏還會使用文革那套手段。」芷琪脫口而出。

周阿姨沉默了。

芷琪意識到自己說話過於直率，跟平時判若兩人，便也沉默等待。

過了兩分鐘，但卻好像過了很長時間，周阿姨終於開口了，聲音溫柔而略顯倦怠。

「要是妳真的這樣固執的話，我們就沒法合作了。妳再想想，想清楚再告訴我。」

第五十一章

天晴了。

蕭鳴在小區的杭州包子鋪吃早餐的時候，看到旁邊停了一輛麵包車。一個身材瘦小、表情詭異的中年男人站在敞開的車門口，眼神分明是在招徠顧客，但卻一句話也不說。

吃完早餐，他好奇地走過去，在對方眼神的慫恿下向車內張望，車裏擺滿了《毛澤東私人醫生回憶錄》之類的禁書，當然，都是盜版。

「只管挑，都是好貨。」中年男人滿口鄉音，自豪而狡黠地微笑著。

他挑來挑去，買了幾本王力雄的書。回到屋裏，他坐在密封的陽臺上，一邊喝茶，一邊看書。不愧是禁書，他真的看進去了，暫時忘記了苦悶。中午，從鄰居窗戶裏傳來炒菜聲音，他接到了芷琪的電話。

她說，她要辭職了。

「為什麼？」

她說，因為意識到自己跟周阿姨「道不同」，無法再合作下去。

「不要著急下結論，衝動是魔鬼。」

她說自己已經決定了，上午已經去母公司遞交了辭職報告，在領導批准她辭職之前，先給自己放一個月的假。

「妳辭職，我也辭職。」說完，他感到如釋重負。

她勸他不要著急，等找到了合適的工作再辭職。

「我現在去找妳吧。」他的聲音遠比自己預想的急切。

她拒絕了，說自己想一個人靜一靜，而且已經從網上買了回老家的飛機票，明天就回去。

「怎麼？還有事情要辦？」

「一個小時候的朋友家境困難，我回去看看能不能幫上忙。」

「那好，祝你一路平安。」

蕭鳴放下手機，眼前忽然一陣發黑，摸索著進屋在床上躺下，許久才緩過神來。

來北京的這些日子，真像是坐了一回過山車，那種旋轉，那種突然的衝高與急落，那種難以承受的失重感，他還要在這裏繼續待下去嗎？

是的，他應該繼續待下去，應該相信珮瓊會回到他身邊，就像上次她不辭而別的情況一樣。她和張瑨之間是不可能有結果的，他要等她，等她回來。

第五十二章

密集的雨線從天而降，濕冷的空氣中瀰漫著鹹腥的味道。公路上，一輛輛汽車衝斷雨線，雨水劈劈啪啪打在玻璃窗上。

要不是因為下雨，芷琪也不會回到這條小巷。雨傘半遮她的臉，不用擔心被舊日的街坊認出來。小巷裏多出了一間咖啡館、一間飯店和一間洗衣店，原來的三戶人家搬走了，除此之外沒有什麼變化。那座她生於斯長於斯的木結構兩層小樓，空置多年，缺乏維修，在雨中顯得格外灰暗。不知內部是否已經被白蟻咬齧得千瘡百孔？

自從母親的骨灰下葬之後，她還是第一次回到這裏。她打著雨傘在兩層小樓對面的一個公用電話亭門口佇立良久，雨水從雨傘邊沿傾瀉而下，不間斷地濺起陣陣水花。一個身穿雨衣、手提菜籃的人影遠遠走來，僅憑走路的姿勢，她就知道那是一位既樂於施以小惠又喜歡搬弄是非的鄰家阿姨，不比別的鄰居好，也不比別的鄰居壞。對於這些灰色的、在市井生活裏打滾的小人物，她第一次不再感到由衷的憎惡，反倒油然升起一絲淡淡的懷舊之情。她放低雨傘，把臉全部遮住，那位阿姨從她身邊經過，全然沒有注意到她。

她走出小巷，在路口乘上一輛公車，來到一座樓房陳舊、環境卻很整潔的居民小區。教她學畫畫的那位老師就住在這裏。是的，他也曾經是她母親的情人之一。很多年以前，那時她才上小學三年級，他因為去北京支持學生遊行，被開除公職，關進監獄，出獄以後就成了一個自由畫家，一個——用他自己的話說——「反抗者」。

「閻王」就是被他推下山崖的。那並非一次蓄謀已久的謀殺，而是在雨天的山間小路上狹路相逢，猝然一擊。他知道，芷琪的母親是在八十年代初期「清除精神污染」的時候，因為同時跟幾個搞藝術的男人交往，險些被公安局當成女流氓抓去勞教，才不得已成為「閻王」的情人，尋求其保護的；他也知道，芷琪上高中的時候「閻王」曾經對她強姦未遂。這些足以讓他對那個老淫棍動殺心。不過，他並不知道芷琪上初中的時候就曾經被「閻王」多次侵犯過——不能，絕對不能讓他知道。

那時她在北京讀研究生，他寫了一封長信掛號，寄給她，講述了整件事情的經過，說可以肯定現場沒有目擊者，雨水引發的泥石流也掩埋了搏鬥的痕跡。那天晚上，她第一次獨自去酒吧狂歡縱飲，把自己交給了第一個跟她搭訕的男人。

上個月她匆匆回到這座城市的時候，雖然憂心忡忡，但思量再三，還是決定不去找他。她不想再聽到他妻子充滿醋意的指桑罵槐，也不想再看到他痛心疾首的樣子，痛心她居然混跡官場，成為體制的一員。何況，找他又有什麼用呢？關鍵是要弄清楚，嚴治安，那個曾經老實懦弱的少年，現在為何敢於宣稱「閻王」當年是被人謀殺？是有真憑實據，還是存心訛詐？

沒費多少周折，她就查到了嚴治安的下落。身為夜總會保安的他，剛剛在一場械鬥中被打成殘廢。

「其實，妳什麼都不用做，整件事由我來處理就好了。妳什麼都不需要知道。」在昏暗的燭光下，秦廣笑著在桌面上攤開雙手。

是的，顯然就是他在背後策劃，把嚴治安打成殘廢的。最初得知這個消息的時候，她雖然覺得很震驚，很不安，但還是竭力說服自己，也許只有這樣，才能徹底埋葬跟「閻王」有關的往事，才能保護她的老師不受牽連。

當然，她也知道那個魔鬼是不可能白白幫她的，他一定是有所企圖。不管怎樣，他想要什麼就給他好了，她豁出去了。

直到他在那間畫室裏得意忘形地告訴她，屋裏有他安裝的攝像頭，她才恍然大悟，原來整件事情都是他設計的圈套！

他跟她提起「閻王」的死因，是為了窺探她的虛實，找到她的弱點；他找人把嚴治安打成殘廢，是為了讓她相信他說的話都是真的，相信他真的幫了她一個大忙；他深諳她堅強外表之下的極度脆弱，所以一再向她暗示，他可以扮演她的保護者。她雖然明知他身上充滿了邪惡的氣息，但還是感受到了他的某種魅力。如果他一直步步為營滴水不漏，說不定她真的會陷入某種情緒之中——不是愛情，但卻很像愛情，在很多情況下可以充當愛情的替代品。

這些年垂涎她的壞人太多了，可是還沒有一個人像他那樣，為了接近她，不惜把一個無辜的人打成殘廢。

第五十三章

天色更晦暗了，芷琪打著雨傘，穿過居民小區，沿著一條蜿蜒的下坡路，逆風而行。風勢驟然變強，空氣也愈加鹹腥，到海邊了，視野驟然開闊。天是灰色的，海也是灰色的，一簇簇海浪像無數灰色猛獸組成的軍團，喧囂著沖向岸邊的礁石，瞬間粉身碎骨，化為白沫；再衝擊，再粉身碎骨，化為白沫。

「閻王」解開了皮帶。

那時她剛上初中，胸部剛剛有曲線。「閻王」丟掉了保衛科長的位子，成了小小的治安聯防隊長，成天喝酒，看她的時候眼神異常混濁，令她本能地躲避。

因為出黑板報，放學比平時晚，黃昏的路口，五六個小流氓擋住她的去路，說著髒話，試圖摸她的臉和胸口。

「閻王」出現了，一拳把那個為首的小流氓打得門牙脫落，其他人面面相覷，撒腿就跑。她感激地看著「閻王」，覺得自己不該那樣躲避他。

她以為「閻王」會送她回家，但是他沒有，而是把她領到了他的辦公室。他打開燈，拉上窗簾，把門從裏面反鎖上。她不知所措，預感到將要發生什麼不祥的事情，但又覺得自己必須聽話，不能違抗他的意志。他一言不發地把她抱到沙發上，分開她的雙腿。

「啊——」一陣劇痛觸電般地震蕩她的全身。

他捂住她的嘴。她渾身痙攣，眼淚忍不住湧出。她不得不盡力讓自己適應他的體味，那股重濁的氣味似乎可以稍稍緩解她的劇痛。

她沒有把這件事告訴任何人，包括她母親。

有第一次就有第二次。這次是他站在路邊等她放學回家，然後一言不發地領著她穿過幾條街道。她內心充滿了厭惡和恐懼，但卻仍是默默地跟著他走，彷彿完全出於自願，只是暗暗祈禱不要像上次那樣痛。

他帶著她來到一間狹小的出租屋，仍是一言不發地把她抱到床上，分開她的雙腿……

有第二次就有第三次，有第三次就有第四次……他每隔一兩個月，就會站在路邊，等她放學回家。不算頻繁，也沒有人起疑心。

不記得過了多少次。有一次，當他進入她的身體以後，沒有像往常一樣一言不發，而是一邊捂住她的嘴，一邊似乎帶著歉意說：「忍一忍，一會兒就好了。」

即將告別十三歲的她突然感動了，真真切切地感動了。雖然仍是劇痛難忍，渾身痙攣，但在劇痛的同時，卻有一種灼熱從身體深處湧出來。

十四歲……

十五歲……

上高中了。

她忽然意識到，自己完全可以拒絕閻王，完全不用怕他。他仍是若無其事地在她放學回家的路上等她，她裝作沒有看見他，繞路回家。

一次，兩次……她總是一看見他的身影就遠遠繞開，噁心得想要嘔吐。然而，在夜裏，尤其是在半夢半醒之間，她又常常忍不住懷念他重濁的體味，身體深處湧起陣陣灼熱，同時為自己感到深深的羞恥。

海浪更洶湧了，響起一個又一個炸雷。陸地似乎也變成了一條漂浮的船，在海浪的衝擊下搖擺不定。鹹腥的味道裹挾著她的身體，她身體裏的海洋也在翻騰洶湧，駭浪滔天。

她愛上了那位小時候教她學過畫畫、她上高中以後又主動教她學油畫的老師。但是，對方無論如何都不能接受她的愛情，因為她是他舊情人的女兒。

「閻王」一次次的失望漸漸變成了絕望和憤怒，竟然趁她母親不在家的時候，借著酒勁，徑直來到她家裏，想要強暴她。她拚命反抗，他沒能得逞，悻悻而去。

作為報復，他把他和她之間的秘密告訴了她母親。當然，他說一直都是芷琪主動勾引他。她母親相信了，也不由得她不信，否則，為何芷琪這些年一直都沒有告訴過她？為何在她面前神情從來都是那麼平靜？

「天哪！我造的是什麼孽，怎麼生出了妳這樣的女兒！」

多年前，像現在一樣，一個陰雨連綿的日子。一個十六歲女孩，絕望地踩過一塊塊礁石，走進冰冷的海裏。

腳底的沙灘很軟，她的脖頸很快被海水淹沒。只要再往前挪動一小步，就將獲得徹底的解脫，但是求生的意志突然宛如熔岩爆發，驅使她回到充滿恥辱的陸地上。

第五十四章

想起嚴治安，想起那個曾經老實懦弱的少年，想起他慘遭飛來橫禍，芷琪不禁感到深深的內疚。她強烈地想要見到他，想要知道他現在的情況，想要看看他究竟傷得怎樣。但是理智最終克制住了衝動。她在市中心找了一家律師事務所，委託他們出面聯繫嚴治安，買下他家裏的一堆毛主席像章。

她從小就知道，「閻王」的一大嗜好是收藏毛主席像章，那是他在文革期間當兵的時候形成的嗜好，當保衛科長的時候更是巧取豪奪。她要求律師對她的身分嚴格保密，開價六十萬元，傭金另算。陰雨連綿，隨後幾天她一直待在一間可以飽覽海景的賓館房間裏。律師和嚴治安一家人的交易過程想必非常繁瑣，但是進度很快。急等錢用的閻家人把這起交易當成了神靈保佑，壓根沒去想那個神秘買家是如何知道「閻王」收藏毛主席像章的。

三百多枚毛主席像章被放在一個密碼保險箱裏，送到了芷琪的房間。

這些像章材質各異，有鋁、銅、鐵鋁合金、陶瓷、搪瓷、有機玻璃、竹子、木頭、石膏、人造大理石和象牙；形狀有圓形、桃心形，五角形；大小從紐扣狀到盤碟狀；圖案包括毛主席各個時期的肖像，甚至是他和林彪兩個人的肖像；背景包括韶山、井岡山、遵義、延安和天安門，環繞松竹梅日月星或是八個樣板戲中的場景，或是高舉旗幟的紅衛兵；文字從「忠」和「毛主席萬歲」，到各式各樣的毛主席詩詞和語錄。不過，它們的市場價頂多也就是幾萬塊錢，絕對不值六十萬。

連日的陰雨終於停了，天空依然陰雲密佈，但是不再晦暗無光，可以看見大塊烏雲的形狀。

她把這些像章裝進兩個環保袋裏，沉甸甸地拎在手上，離開賓館，乘坐計程車來到城郊的一座山腳下。一條石梯逶迤通向山頂，她拾級而上，在半路上轉入一條羊腸小道，翻過幾個山坡，來到一道寒風獵獵的懸崖邊。

閻王就是從這裏摔下去的。

她閉上眼睛，佇立了很長時間，感受寒風的激蕩，不停打著冷顫。她終於睜開眼睛，奮力將兩個環保袋扔下懸崖。

三百多枚像章從環保袋裏傾瀉而出，星散而墜，互相撞擊，琤瑽作響。驚得幾隻烏鴉從林中振翅而起，聒噪不已。

然後又是一片沉寂，除了獵獵的風聲。

一個祭奠的儀式。

她必須親自來這裏祭奠一次「閻王」，才能真正讓他從她的生命裏淡出。

她閉上眼睛，彷彿又一次聞到了他重濁的體味，又一次在恐懼中順從地任其擺佈，又一次在他的擺佈下感到強烈的、無處躲藏的羞恥和刺激。

不會了，再也不會了。

她轉身沿原路下山。在山腳下，她走了很遠，找到了一個公車站。在等公車的時候，她意外地收到了張瑨的簡訊，說是對她辭職的消息感到震驚，並且有事找她。

「沒什麼，我只是想換一種生活方式。我現在在外地，等回京以後再約。」

「好，妳何時回京？」

「我想後天就能回去。」

「好，到時候再約。」

回到賓館，她沖了個熱水澡，四仰八叉躺在床上，很快就睡著了。

第二天上午，她在網上買了次日傍晚回北京的機票，然後便像一個初來乍到的遊客一樣，在城裏閒逛。

在過去短短幾年時間裏，這座沿海城市的面貌已經發生了很大變化。海邊的港口擴建，停泊的大型貨輪增加了將近一倍；開發區裏大興土木，新建了不少摩天大廈；房租比較便宜的舊城區裏，雨後春筍般地出現了許多創意小店，出售各式各樣的創意小物件。

天上的烏雲比昨天薄了許多，她在街巷裏悠閒徜徉，在一個幽靜的路口發現了一家面具店。這裏出售的都是西方式樣的面具，從美麗到醜陋，從迷人到嚇人，應有盡有，琳琅滿目。除了面具之外，還有各種顏色各種款式的假髮。

她挑來挑去，在鏡子前不斷試戴，最終選定了一款面具和一款假髮。

第五十五章

秦廣的傷基本養好了。

那天晚上，在方炬的拳打腳踢之下，當過兵打過仗的他竟然不堪一擊，太丟人了。更令他感到羞恥的是芷琪的那一記耳光，下手很重，不是欲拒還迎，是真的打他，在他覺得自己十拿九穩的時候真的打他。

然而他不敢報復她。不說別的，胖子要是知道他色慾薰心，跟監視對象私下接觸，以至於暴露監視計畫，肯定饒不了他。他也不敢報復方炬，雖然此人只是一個微不足道的小角色，但是萬一出了什麼紕漏，驚動了胖子，後果同樣不堪設想。

夜深了，毗鄰別墅區的湖泊結了一層冰。他坐在冷清的書房裏，打開相冊，反覆凝視女兒小時候的照片。他也曾經有過一家三口的快樂時光，可是後來妻子卻跟他反目成仇，女兒也在妻子的教唆下和他形同陌路。真是「最毒婦人心」。

他收起相冊，在電腦上打開基金會的網站，進入「關於我們」的網頁。理事長的肖像映入眼簾，這是一位氣度端凝的長者，眼神似乎充滿了正義感，令人肅然起敬。秦廣常常忍不住猜測，這位老先生是否並不知道胖子做的那些髒事？如果他知道了詳情，會不會大發雷霆，將胖子掃地出門？

他心不在焉地瀏覽了一陣基金會的網頁，打開播放器，又一次貪婪地注視著芷琪裸體掙扎的那段視頻。他不知道自己已經看過了多少遍，為什麼總是越看越上癮？這個女人真有毒，從裏到外都有毒，純粹就是毒品。

他從書架上取下一本《查拉圖斯特拉如是說》，翻到其中一頁，重溫那段十幾年前畫過紅線的句子：

「到女人身邊去嗎？別忘記帶你的鞭子！」

第五十六章

張瑨坐在三里屯的一間酒吧裏，跟幾個外國媒體的駐京記者在一起喝下午茶。陸雲坐在他身邊，舉止大方優雅，幾個老外都顯然被她迷住了。

趁著談話間隙，他掏出手機，給芷琪發了一封簡訊，問她是否確定今天回北京，明天下午能否見面？片刻之後，他收到了芷琪肯定的回答。

他快速回覆簡訊，跟她約定了明天見面的時間地點，然後神色自若地繼續聽陸雲用流利的英文講述她對香港的觀感。

手機又響了，這次是珮瓊的簡訊。

「你在哪裏？我正在雍和宮玩，你能來看我嗎？」

他的手抖了一下，回覆道：「正在跟主編開會，一小時後去找你，好嗎？」

她的簡訊又發過來了：「一小時後雍和宮就關門了，我們在國子監見面好不好？」

「好，不見不散。」

張瑨收起手機，陸雲關切地看了他一眼，和往常一樣，只有關切，沒有任何懷疑。她真是一個完美的女友，他不免感到一絲隱隱的愧疚。

珮瓊在國子監胡同的槐樹下來回徘徊。陽光西斜，她終於看見了張瑨的身影。她嗔怪地斜睨著他，對他的遲到表示不滿，害得她足足等了兩個小時。他立刻浮現出像小動物一樣膽怯討饒的神情。於是她開心地笑了，輕輕捶了他一拳，隨即撲進他懷裏。

第五十七章

張姨的丈夫從外地回來了。

每次他去外地出差的時候，張姨自然是惦記他的。但是他一回到家裏，她就覺得堵得慌。每一個白天、每一個黑夜攢下的許多小怨恨、小屈辱，日積月累，早已凝成橫在心口的腫塊。但是她除了偶爾沉默著鬥氣或是笑著說兩句風涼話之外，從來不會跟他發火。男人最在乎的不就是面子嗎？給男人面子，就是給自己面子。何況，他們已經比很多夫妻都幸福了。

買了天福號的醬肉，最好是跟西紅柿一起夾在山西燒餅裏吃。張姨忘了上次因為噁心沒買蔥花餅的事情，又來到那家燒餅店，只見門窗緊閉，窗戶後面垂著一道白簾，把店面遮得嚴嚴實實。她心有不甘地走到旁邊的肉鋪問胖老闆，燒餅店怎麼關門了。

「他們家呀，」胖老闆拿起一條抹布，用力擦手上的油脂，「前些日子，超市的那個娘們來他們家店門口罵他們家兒子，罵得好難聽的。他們家老子臉上扛不住了，當場就拿起那根擀麵杖，揍他們家兒子。你猜怎麼著吧，那兒子還真敢還手！」

他比劃著姿勢：「就這麼一推，把他們家老子推到地上了。推倒了也不扶，站在那兒看，看了一兩分鐘，轉身就從他們家店裏的抽屜裏拿了一把錢，撒腿就跑。他娘一屁股坐到地上哭，他也不管，頭都不回，就這麼離家出走了。打那以後，他們家就關門了。你說說，他們家娘老子看著都挺老實的，怎麼就出了這麼個孽子？」

張姨嘀咕了一句：「窮鄉僻壤出刁民。」

胖老闆像是衷心認同這句話，皺著眉說：「真是的，他們家那兒子呀，將來肯定就是一個刁民。」

第五十八章

天空有些灰濛，陽光卻相當燦爛。下午兩點半，張瑨早早來到了與芷琪的住所毗連的那家五星級酒店的門口。兩點五十五分，芷琪出現了，神情很是輕鬆愉快。她走到他身邊，親切地跟他打招呼，領著他來到酒店一層大堂旁邊的法式咖啡廳，堅持今天由她請客。

入座以後，他又一次問起她辭職的原因，她淡淡地解釋說，是因為事務性的工作做煩了，想換一換生活方式。她問他找她有什麼事，他說本來想跟她談一個選題，但是臨來之前，主編忽然又決定不做那個選題了。

咖啡送上來了，張瑨端起杯子，手卻發起抖來，咖啡濺到了衣服上。他連忙用餐巾紙擦拭衣服上的咖啡漬，不好意思地笑了笑，說：「其實，聽到妳辭職的消息，我反而解脫了。」

「哦，為什麼？」

「『沅有芷兮澧有蘭，思公子兮未敢言。』我相信一個女子的名字本身就包含了她的命運密碼，妳是一個很文藝的女子，可是妳以前卻一直在當女強人。」

他低下頭，回避芷琪的目光。

「其實……其實我一直都覺得，妳需要有一個人在妳身邊關心妳，體貼妳。我跟妳見面的次數雖然不多，可是每次都能感覺到妳的寂寞，感覺到妳在強迫自己應付這個世界。」

他輕輕地苦笑了一下。

「這種感覺越積越多，直到有一天，我發現自己已經走進了一片沼澤地裏。我這才明白了什麼是『沅有芷兮澧有蘭』，說的就是水邊的沼澤，鮮花盛開的沼澤。說實話，我真的覺得好絕望……」

「為什麼絕望？」

「因為我怕自己會陷進去，我想從沼澤地裏離開。可是，越是想要離開，就陷得越深。我覺得自己快要窒息了，我擔心自己會窒息而死……」

芷琪的姿勢變成了正襟危坐，審視著他，緩緩問道：「你是說，你愛上了我？」

「我一直都不敢用『愛』這個字，我怕自己會褻瀆了這個字。」張瑨好像快要哭出聲來，「我一直對自己說，這只是感動，不是愛……直到我聽說了妳辭職的消息，我突然明白了，其實我早就應該承認這份感情，它不是感動，就是愛……」

芷琪笑了：「我明白你的意思了。只不過，我從來都不能接受三角戀愛。」

「對不起。」張瑨抬起頭，神情著實有些慌亂，「我剛才只是把憋在心裏的話說出來，不然實在太難受了。好了，我們聊點別的吧。」

第五十九章

夕陽西下，張瑨走下計程車，走進北四環旁邊的一座居民小區。小區裏有幾棟建成不久的高層塔樓，樣式頗為氣派；也有十幾幢建於上世紀八十年代的六層板樓，外層牆壁上的石灰大都已經剝落，看上去頗為灰暗。

他走進一幢灰暗的板樓，在一扇防盜門前停下，按動門鈴。防盜門後面的木門開了，珮瓊隔著防盜門瞥了他一眼，低下頭打開門，讓他進屋。

門一關上，他就像往常一樣摟住她親吻。但是出乎他的意料，她推開他，說了聲「不要」，低頭在椅子上坐下。他這才注意到她臉上布滿愁雲，剎那間不禁感到一絲刺骨的寒意，「撲通」一聲在椅子旁邊跪下，捧起她的手，抬頭看著她。

「怎麼這麼不高興？是不是……是不是身體有什麼異樣了？」

「不是。」

他頓時輕鬆下來，笑嘻嘻地撫摸著她的手，說：「那妳為什麼突然『雨恨雲愁』起來了？」

她木然看著他，像是費了很大力氣似的，輕聲說道：「我們分手吧。」

他一驚：「為什麼？」

她水汪汪的眼睛宛如起了一層迷離的霧，不是他熟悉的那種激情迸發之前的霧，而是另一種霧，灰暗、憂傷、退卻的霧。

她把手縮回去，拒絕他的撫摸，仍像是費了很大力氣似的，輕聲說道：「我說過，情願當你的小三。可是我不能接受你還有第三個女人。」

「第三個女人？妳胡說什麼呀，怎麼變得這樣疑神疑鬼了？」

她盯著他，臉色漸漸變得通紅，與其說是憤怒，不如說是替他感到羞愧。她轉過臉，木然看著窗外，慢慢地說：「你跟那個女人說話的時候，不小心碰到了手機按鈕，我都聽到了。」

張瑨的臉色瞬間變得蒼白，手機放在上衣口袋裏，一定是在擦衣服上的咖啡漬的時候不小心碰到的。那本來是他故意設計給芷琪看的動作，沒想到竟然會捅出這麼一個大漏子！

他的手緊張地握成拳頭，隨即又慢慢展開。他站起身，急切地說：「妳能聽我解釋嗎？我接近那個女人，是為了通過她瞭解一起官司的內幕，先假裝追求她，獲得她的信任。妳真以為我想跟那種女人打交道？還不是為了工作？」

「不要再描了，越描越黑。」

「瓊，難道妳真的不相信我？」

他湊近她，撫摸她的長髮，但她仍是說了聲「不要」，將他推開。

「我們分手吧。」她的聲音依然很輕，但卻比上一次堅定了很多。

他沉默了幾分鐘，歎了一口氣，似乎很憂傷地說：「要是妳真的不相信我，我也沒有辦法……」他忽然又跪在她面前，「瓊，就算妳決定了要分手，也讓我們彼此在分手之前留一個紀念好不好？」

「你是說做愛嗎？」

「嗯。」

「不要。」她轉過臉不看他。

「為什麼？為什麼這麼狠心？難道你連一個紀念都不願意留下嗎？」

「我說不要就是不要。」

他不由分說抓住她的手狂吻起來，她有些惱怒地將手掙脫回去。他猝不及防，一臉尷尬。

她站起身走到窗邊，凝望著窗外越來越濃的暮色：「你走吧。」

「瓊，妳真的要趕我走嗎？」

「本來我不想這樣說，可是既然你這樣問，」她轉過身，既憂傷又嚴肅地審視著他，「我的回答是──是。」

「妳真的要趕我走？」他的表情凝固了。

「你走吧。」

「妳真的要趕我走？妳也配說這句話？」他再度握緊拳頭又慢慢展開。突然，他一把拽住她的長髮，將她推倒在沙發上。沒等她反應過來，他已經騎到她身上，一手用力掐住她的脖子，一手迅速解開她的腰帶。

她被他掐得快要窒息了，面色蒼白，喉嚨裏發出一聲聲急促的模糊的顫音。但他不為所動，直到進入她乾澀的身體，才鬆開掐住她脖子的手。他興奮的喘息和她痛苦的呻吟夾雜在一起，回蕩在狹窄的小屋裏。

這是一間簡陋的一居室，家俱頗為陳舊，但卻收拾得一塵不染。牆上貼著紅紅綠綠的剪紙，有動物，有風景，有花卉，圖案相當繁複，都是她親手剪的。桌上擺著一份《南方週末》，一本安妮寶貝的小說，一本他送給她的《愁予集》。

第六十章

又是一個百無聊賴的週末。

雖然是晴天，但天色灰濛，空氣中凝滯著細微粉塵形成的霧霾，令人難以正常呼吸。北京的冬天但凡無風，常常如此。粉塵來自擁堵的汽車排放的尾氣，以及多家供應暖氣的鍋爐房排放的煤煙。每逢這個時候，各家醫院的呼吸門診總是爆滿。

方炬站在一幢大廈的樓頂邊緣，俯視著層疊攤開的房屋街道。這是一座罪惡的城市，是的，他早就知道這是一座罪惡的城市。穿梭在道路上，隱藏在角落中，棲身在各種各樣的建築裏，有狼人，有吸血鬼，有形形色色的魑魅魍魎，吃人不吐骨頭，殺人不見血。只是他以前未曾想過，自己其實也正是魑魅魍魎中的一員。他耳畔迴旋著她憤怒到近乎嘶啞的聲音。

「住手！你沒有資格打他，你跟他沒分別！」

是的，他做的事情是跟那個人渣沒什麼分別，但是他原本對此心安理得。他像一個人渣，但並不真的是一個人渣，因為他是為了拯救她才那樣做的，他的動機無可挑剔。然而，現在他卻無法再心安理得，無法再這樣為自己辯護了，因為當她對他怒吼的時候，她的眼中卻充滿了憂傷和憐憫，她在憐憫他，她竟然在憐憫他！

她為什麼要憐憫他？因為她並不是完全沒有可能接受他的愛情，她並不是完全沒有對他動過心。那個蟬鳴悠遠的夏日下午，那次被他自己搞砸了的見面，如果不是他過於莽撞地提出要跟她開房，也許他們的關係真的會很不一樣。那時他還沒有感染上愛滋病毒，還沒有被命運剝奪被愛的資格和愛的權利。

死亡很近，只消向前邁出一小步，就可以卸下肉體的重負，擺脫沉重的負罪感。唯一阻止他這樣做的理由，就是今天天氣實在太糟糕。就算要死，也應該在彌留之際呼吸新鮮清爽的空氣。所以，還是改天吧。

他回到家裏，從櫃子裏翻出一摞《紅與灰》的CD，一共十幾張，是這些年一直沒有賣出去也沒有送出去的倉底貨。他把它們裝進背包，再帶上一把吉他，再度走進灰濛濛的霧霾，穿過幾條街道，走進附近的一個地鐵站。

地鐵站的通道裏有幾個地攤，分別售賣襪子、玩具、打火機之類的小物品。他找了個空閒的角落，把CD放在地上，站著彈起吉他。

時值下午三點多鐘，地鐵站裏不像上下班時間那樣擁擠，其他幾個地攤前都間或有行人逗留，唯獨蓬頭垢面的方炬無人理會。如果放開嗓子唱歌的話，自然會有人投來或是關注或是好奇的目光，因為這城市永遠不會對情緒的宣洩感到饜足。但他只是冷漠矜持地彈著吉他，因此別人回敬他的也只有冷漠。

又一班地鐵到站了，下車的乘客三三兩兩經過通道，走向出站口。一個身材魁梧的禿頂男人在方炬面前停下，看了他一眼，又低頭看地上擺放的CD，彎下腰，拿起一張CD，仔細端詳封套上的文字，問：「這裏面的歌都是你自己寫的？」

方炬點點頭。

「你唱一首給我聽聽。」

方炬這才瞅了他一眼，對面的男人看上去六十歲左右，雙眼布滿血絲，瘦削的臉上有不少褐色斑點，鬆弛的肌肉往下耷拉，神情難掩頹唐落寞，舉手投足卻隱隱有一種霸氣。

換作平時，對方命令式的口吻，一定會激起他的反感，他會愛理不理地繼續低頭彈吉他，直到對方訕訕走開。然而，現在他卻很願意接受別人的命令，那不啻一種暫時的解脫，使他不至於被自暴自棄的情緒壓垮。

他又唱了一遍《紅與灰》。

不再是以往那般宣洩的嚎叫，而是苦澀的傾訴，低沉宛轉，氣若游絲。他從來沒有想過自己可以這樣詮釋這首歌，或是這首歌竟然可以這樣詮釋。一曲終了，禿頂男人竟有些激動。

「真不錯！這張我買了，多少錢？」

「你就看著給吧，值多少給多少。」

禿頂男人掏出一張百元紙幣，遞給他，他接過紙幣，揣進兜裏。禿頂男人又端詳了一下CD封套，問：「你叫方炬？」

「是。」

「留個聯繫方式吧，我姓王，是做買賣的，」

方炬點點頭。

禿頂男人掏出手機，說：「把你的手機號碼告訴我，我給你打過去。」

就這樣，他們互相交換了手機號碼。禿頂男人走到出站口的時候，又回頭看了一眼，朝他揮了揮手。

方炬又彈了一會兒，把地上的ＣＤ裝進包裹，走出地鐵站。天色依然灰濛，但他的心情已經不再像來的時候那樣灰暗了。生命依然如此空虛，但他還是應該堅持活下去。即使一切都沒有意義，至少還可以試著用別的方式唱歌。

第六十一章

「今天我們請來的嘉賓是新銳青年學者張瑨老師……」

這是一座大學校園裏的一間階梯教室，夜幕降臨，教室的前幾排座位上坐滿了人。

張瑨坐在講臺上，調了調面前的麥克風，清了清嗓子，面帶矜持的微笑，說：「今天我的講座主題是當下中國社會的『惡搞』文化……」

他注意到第二排中間有一個漂亮女生正充滿仰慕地直視著他。

「……有一種一目了然的『惡搞』，最典型的例子就是《一個饅頭引發的血案》，胡戈惡搞陳凱歌……可是還有一種『惡搞』，故作深沉的『惡搞』，最典型的例子就是於丹講《論語》……」

他看見那個漂亮女生會心地笑了。

「……『惡搞』氾濫的根本原因，一是由於大眾文化和精英文化的斷裂，大眾文化對精英文化採取一種戲仿、反諷的姿態，從而消解了精英文化的精英性，讓精英文化在眾聲喧嘩中化為碎片；二是由於瀰漫於日常生活中的焦慮感，為了安撫焦慮，就必須把『惡搞』進行到底……」

那個漂亮女生意識到他一直在看她，羞澀地弄弄了頭髮。

此時，珮瓊正坐在一間麥當勞餐廳的角落裏，局促不安地擺弄著手機。

陸雲走進餐廳，看見珮瓊，含笑向她招手，走到她面前坐下。珮瓊的臉立刻漲得通紅，身體略顯僵硬地格外挺直。

「我們上次在光合作用書房見過面，」陸雲的笑容非常友善，「妳一說名字我就想起來了，取自《詩經》的好名字。妳最近還好吧，約我見面有什麼事？」

珮瓊緩緩地說：「我是從張瑨的手機上知道妳的手機號碼的，約妳見面，是想跟妳說一件重要的事。」

「什麼事？妳是說跟張瑨有關嗎？」

「妳看看這張照片就知道了。」珮瓊神情木然地把手機遞給陸雲。陸雲困惑地接過手機，掃了一眼，臉色倏然變得慘白，抬眼瞅一眼珮瓊，又重新注視手機上的照片，雙眉緊蹙，渾身直打哆嗦。

「所有情侶在一起做的事，我們都做過了。」珮瓊的神情依舊木然。

陸雲把手機放在桌上，嘴角抽動著，竭力控制自己的情緒。

「對不起，我並不想破壞你們之間的關係，我再也不會跟他在一起了。」

陸雲掏出手絹，擦了擦眼角，嚴厲地說：「請跟我說實話，你們是從什麼時候開始的？」

階梯教室裏，張瑨一邊妙語如珠地回答學生的提問，一邊掃視著聽眾，目光順便掃過第二排中間的那個漂亮女生。那個女生臉上燃燒著羞澀而甜美的笑容，癡癡地望著他。他知道，講座結束之後，她一定會留下來。

第六十二章

天不算藍，是淡淡的灰色，但是跟昨天相比，已經清爽了很多。蕭鳴獨自走在從郊區通往城市的公路上，不是要去什麼地方，只是為了咀嚼「多餘人」的感覺。是的，他就是屠格涅夫小說裏的「多餘人」。回想起年少時對屠格涅夫的喜愛，他心中充滿了反諷與無奈。

又要辭職了，又要開始飄了。

他走在高速公路的輔路的人行道上。路邊時而矗立起一棟棟新建的高樓，時而又散開一片片光禿禿的白楊樹林。高速公路的主路上，各種車輛疾馳而過，應和著這個高速發展的時代的節拍；輔路上行駛的車輛要慢一些，儼然時代的落伍者，但卻往往一覷准機會就擠到主路上。

經過一個路口的時候，路邊有賣烤白薯的，他買了一個烤白薯；經過另一個路口的時候，路邊有賣糖炒栗子的，他買了一小包糖炒栗子。路邊的水溝結了一層冰，陽光照在身上，有一種虛弱無力的溫暖，就像一個「多餘人」所能帶給別人的關心。

路邊出現了一片斷壁殘垣，一匹馬拉著一輛車，一動不動地站在斷壁殘垣中間，兩個中年男人正在把地上的磚頭一摞摞搬到車上。

蕭鳴注視著那匹馬，牠是棗紅色的，跟那個秋天的傍晚他和珮瓊在一起見到的那匹馬是同一種顏色。但是記憶中的那匹馬神采煥發，輕捷而矯健；眼前這匹馬卻無精打采，疲憊而無奈，背上的毛也斑駁地脫落了好幾塊。

他佇立著注視了好一會兒，那匹馬似乎也在注視著他。一陣風吹過，馬的鬃毛和尾巴都在風中散開，路邊一排白楊樹簌簌作響，一隻黑色塑膠袋在空中飛揚，飛揚，最終掛在電線上。他眼前恍然浮現出一匹鬃毛散亂、神駿秀逸的白馬。

手機響了，是陸雲的簡訊。

「各位好，愛情就像一場夢，夢醒了才看清現實的真相。我宣佈跟張瑨正式分手，從今以後各不相干。」

她為什麼要群發這樣一封奇怪的簡訊？這不是宣佈分手，而是宣佈決裂。她想必是過於激動，非如此不足以洩憤。莫非她已經知道了珮瓊和張瑨的關係？是的，一定是。

蕭鳴忍不住在人行道上狂奔起來。珮瓊真能取代陸雲的位置，成為那個男人的女朋友嗎？不可能，絕對不可能。那麼她下一步會做什麼？她的人生會朝什麼方向走？會不會再次回到自己身邊？

他在一座立交橋下的十字路口前猛然停下腳步，車輛川流不息，他面臨紅燈，無法穿過馬路。自從她搬走以後，他還從來沒有聯繫過她。他掏出手機，撥通了她的手機號碼。

北京西站的候車室裏，珮瓊正拖著兩個旅行箱，站在擁擠的人群中，嘴唇緊閉，眼睛半垂，臉色蒼白，紮著馬尾辮，長髮黯淡無光，身體局促不安，下意識地閃避著所有人，神情木然，但又透出隱隱的異樣的風情。

口袋裏傳來手機的響聲，她聽見了，但無動於衷。手機響了很長時間，靜下來，又接著響了很長時間。然後「嘟」的一聲，是簡訊。

人群開始向檢票口移動，逐次通過檢票口。她的神情木然依舊，拖著旅行箱踩上自動扶梯，來到站臺上。這是一列老式的綠皮車，每節車廂門口都擠滿了人。她終於擠上了一節硬座車廂，因為買的是站票，行李又大，便站在車廂頭部的開水灶旁。片刻之後，幾個民工模樣的男人也站到了她身邊，不知是迫於擁擠還是故意為之，總之都緊挨著她，讓她無法閃避。

火車開動了。車廂裏瀰漫著汗味、腳臭和各種零食味道混雜在一起的重濁氣息，交織著嘈雜的吵鬧聲。她掏出手機，看了一眼未接來電的號碼，又看了一眼簡訊，眼睛裏有一道光芒稍縱即逝，按鍵回覆。

此時，蕭鳴正站在高速公路旁的一個小土坡上。西天燃燒著絢麗的紅霞，夕陽正在收斂最後的光芒，絕大部分天空仍是淡淡的灰色，但是黑夜的陰影正在迅速聚集。強勁的北風配合著黑夜的步伐，詛咒般地橫掃曠野和城市。手機響了，他不禁打了一個深深的冷顫，掏出手機，看到了珮瓊的簡訊。

「我在火車上，這次是真的離開北京，再也不回來了。謝謝你。」

第六十三章

夜幕降臨，張瑨略顯佝僂地走在街道上，臉上掛著玩世不恭的笑容，卻難掩悻悻之色。陸雲宣佈跟他分手，對他的打擊太沉重了。她將來肯定能夠繼承她在香港的祖父的部分遺產，他本來也可以順理成章地進入香港有錢人的生活圈子，但是現在這些都成了夢幻泡影。

更令他意外的是，珮瓊竟然會向陸雲坦白他們之間的交往，並且決絕地離開他。那天晚上他從她身上爬起來之後，對她說了很多聲對不起，略帶哭腔地解釋說完全是因為自己太愛她、太需要她，所以才會做出那樣令他後悔莫及的事。她似乎接受了他的解釋，先是虛弱無力地微笑，隨後忽然又動情地擁吻他。只不過，她的吻雖然一如往昔地熱烈，眼神卻像夢遊一樣木然而冰冷，身體也不再異香撲鼻，而是散發出某種乳酪般的酸味乃至黴味。為了安撫她，他保證自己不會再有第三個女人，又說要買一副翡翠手鐲送給她。她沉默著不置可否，但也沒有再說要離開他。沒想到她竟然狠狠地耍了他。

他來到上次跟芷琪見面的地點，就是和她住所毗連的那家五星級酒店的一層咖啡廳。下午他打電話約她在這裏見面，她有些猶豫，但還是答應了。現在，她已經坐在裏面等他。

他一坐下來，便紅著臉囁嚅道：「我跟陸雲分手了。」

「哦？」

「只有妳才是我的真愛……」他聲音顫抖，呼吸急促，「我只能跟她分手，別無選擇。」

她看著他，臉頰悄悄泛起了一絲不易察覺的紅暈。是的，她感動了，在那不容置疑的權威感的表像下，她其實是一個很容易被感動的人。真是塞翁失馬，焉知非福。

趁熱打鐵，他抓住她的手。

「可以嗎？……可以讓我追求妳嗎？」

她遲疑片刻，把手縮了回去。

「對不起，我覺得我們不合適。」

「請給我一次機會好不好？」

她的眉頭不禁緊鎖起來，看了看周圍。他仍是急促地呼吸著，神情似乎憂傷而焦灼，更顯出五官的英俊。

「去我家吧。」她終於做出了決定。

第六十四章

通往複式套房二層的樓梯是黑色的，欄杆則是純白的。張璿在上樓的時候又掃視了一眼一層客廳的佈置，棕色的原木地板上擺放著一架黑色的鋼琴，旁邊是純白的沙發和深紅色的立櫃，這些顏色似乎無不暗示著即將到來的風流韻事。

不過她並沒有帶他進臥室，而是走進了和臥室相鄰的書房。他站在書架前，故作鎮靜地張望裏面的藏書。

她打開角落裏的一扇櫃門，取出一個面具戴在臉上。那正是她在那座沿海城市的面具店裏買的面具，是一個布滿皺紋、歪眉斜眼的老巫婆的形象，極其蒼老、醜陋、冷酷、猙獰。然後，她又戴上了一頂白色假髮，長長的，一直垂到腰部。

「天哪！」他轉過臉來，冷不防看到她戴假髮和面具的樣子，踉蹌著後退了兩步。

「其實，你現在看到的才是真正的我。」她聲音平靜，接著又從容地戴上一副黑色的絲綢手套，走到他身邊，伸手抱住他的臉。

「你口口聲聲說愛我，就是想跟我上床，是不是？」

他不知所措地搖搖頭，又近乎癡呆地點點頭。

「那好吧，看在你說實話的份上，我成全你。」

接下來發生的事情對張瑨來說不啻一場噩夢。那個蒼老、醜陋、冷酷、猙獰的巫婆忽然將手轉向他的下身，解開他褲子的拉鏈，握住他的塵根。

他的塵根本來早已堅硬如鐵，現在被她纖手一握，竟然立刻軟了下來，沒有射精便像橡皮筋一樣軟了下來，徹底軟了下來。

房間裏一片靜謐，他耳邊卻似乎傳來了鋪天蓋地的嘲笑聲，痛苦地閉上了眼睛。

她的手離開了，摘下了面具和假髮，冷冷地看著他。

她真美，真令人銷魂，比他以前交往過的任何一個女人都要美得多。但是他現在無法不覺得她的美貌只是一張畫皮，那個可怖的巫婆才是她的真身。他打著寒噤，牙齒咯咯作響。

「對不起，我們真的不合適。」她的語氣平靜之極。

他默默走出房間，走下樓梯。她把他送到套房門口，看著他換上進屋時脫下的皮鞋，為他打開門。他低頭走到門外，背後「哐啷」一聲，她已經從裏面將門反鎖上。

第六十五章

北風呼嘯，晴空湛藍。方炬坐在窗前撥著吉他弦，手機響了，是那天在地鐵站裏遇到的那個姓王的禿頂男人打來的。

「小夥子，怎麼樣，還記得我嗎？我這幾天一直在聽你的歌，真不錯！尤其是那首《紅與灰》，歌詞寫得太好了，我覺得就是為我寫的，『紅是純粹，灰是頹廢，紅是高貴，灰是卑微』。我不知道你寫歌詞的時候是怎麼想的，照我的理解，紅，就是打江山坐江山的那幫人；灰，就是我們這些普通老百姓！嗨，你說是不是啊……」

沒等方炬接茬，他又接著往下說：「『我迷戀紅，我塗抹灰，我奉獻紅，我化成灰』。你知道嗎？我年輕的時候在越南打過仗，流過血，命都差點送了，圖什麼呀？那時候我真覺得打江山的那些人都很偉大，覺得他們真是為了人民大眾打江山。唉，到後來，我才回過味來，敢情他們打江山，他們的孩子坐江山，這大清的天下原來是他們八旗子弟的，跟老百姓沒關係。就算你為他們流過血又能怎樣，你在他們眼裏永遠是一團灰。

「小夥子，跟你說吧，我以前也是開公司做大買賣的人，結果被人設局陷害，在大牢裏關了四年。這幾天我總算是查清楚了，原來陷害我的人就是一幫八旗子弟，嫌我擋了他們的財路。我可不能被這幫東西白白作賤，我要跟他們死磕！」

方炬感到厭煩，他很難同情一個資本家的痛苦。他按鍵中斷了對話，接著又關上了手機，這樣也可以讓對方以為他的手機沒電了。

此時，在一間幽靜的茶館裏，周阿姨正和張瓚一邊品茗，一邊閒聊。

「其實我對民主一點也不care，」張瓚面帶既俏皮又羞澀的微笑，像一個做事循規蹈矩、心裏卻有一點小叛逆的大男孩，「我一向都很懷疑，就憑中國人的素質，能搞民主嗎？反正我是不願意把這個國家交到一幫暴民手裏。」

周阿姨贊許地看著他，問：「那你覺得中國下一步應該怎麼走呢？」

「作為一個自由主義者，一個反對暴民政治的自由主義者，我覺得關鍵是官方和文化界之間需要達成和解。」張瓚臉上浮現出異樣的先知般的光彩，「兩邊各讓一步，官方給文化界鬆綁，讓文化人挺直腰杆，自由地寫小說、拍電影，去國際上拿各種獎；文化界要向前看，不談反右，不談文革，不談六四，不評判高層集團的家族利益，只討論當下的社會問題。文化界要扮演西方人講的『忠誠的反對派』，官方要允許文化界扮演『忠誠的反對派』。」

周阿姨眼中掠過一縷高深莫測的微笑，抿了一口茶，忽然關切地問道：「聽說你跟陸雲分手了，怎麼回事？」

「這個……」張瓚的神色顯得很窘迫，又因為窘迫顯得很真誠，「我要承認我是一個像賈寶玉一樣具有泛愛傾向的人，可是陸雲她……她始終不能理解我的這一面。」

「我懂了，才子都這樣。」周阿姨爽朗地笑了，「我覺得你的思想很敏銳，很有見地，就是現在的平臺太小了。你需要一個更大的平臺，讓更多的人知道你。」

第六十六章

第二天中午，秦廣接到胖子的電話，問他這些日子死到哪裏去了，要他到基金會來一趟。

這是一間東南兩面都是落地窗的辦公室，很亮很寬敞。地上擺著一盆滴水觀音和一盆發財樹，博古架上陳列著古董珍玩，牆上掛著一幅康有為的字。胖子正坐在沙發上看一本書，看到秦廣進來，他把書拿起來晃了晃，讓秦廣看見封面上的「貨幣戰爭」四個字。

「你看過這本書嗎？」

「沒有。」

「這本書純粹是他媽的陰謀論，不過，中國現在就需要這樣的陰謀論。」胖子咧嘴一笑，「就是要讓老百姓覺得帝國主義亡我之心不死，把他們的怨氣都撒到國外去，要不然還怎麼建設和諧社會，你說是不是？」

秦廣沒說話，惴惴不安地在沙發上坐下。

胖子臉色一沉，冷冷地問：「你他媽的都快成散仙了，你知道那個姓王的最近在搞什麼嗎？」

「哦？不知道，怎麼了？」

「今天找你來就是談這件事。姓王的說了，要在元旦召開新聞發布會，向媒體舉報當年陷害他的人。」

秦廣的額頭和手心都瞬間沁出了汗珠：「真的？」

「看來他是想拚個魚死網破了。」胖子的聲音聽起來很是不滿，「你看這事怎麼處理？」

「他手上應該沒有什麼實在的證據。」

「你他媽的真是豬腦子，只要他抖出基金會的名字，就算沒有證據，媒體也會添油加醋的。現在外面盯著我們的人很多，正愁沒有把柄呢。理事長他老人家要是發火了，我可救不了你。」

他倒了一杯咖啡遞給秦廣，說：「解鈴還需繫鈴人。這件事，還得你來辦。」

「你的意思是？」

「要一了百了。你不是有些道上的朋友嗎？錢不用擔心，可以從基金會的賬上出。」

秦廣面如土色，嘴唇翕動，想說話卻說不出來。

「好了，就這麼決定了。」胖子詭秘地一笑，「等這件事辦成了，你想怎麼玩那個女人就怎麼玩，我不介意。」

「哐啷」一聲，秦廣手裏的咖啡杯掉在地上摔成八瓣，咖啡流了一地。

「好啦好啦，別這麼不成熟。」胖子語氣和緩，眼神卻著實有些不耐煩，「昨天晚上我參加了一個聚會，來了不少當年『聯動』的人。周夜叉也來了，當年我跟她是兩個中學，我在海澱，屬於『海糾』，她在西城，屬於『西糾』，早就認識了。」

他咳嗽了一聲，臉上泛起一絲既顧盼自喜又惘然若失的紅暈：「就是『首都中學紅衛兵聯合行動委員會』，我們那時候的口號是『老子英雄兒好漢，老子反動兒混蛋』，『保衛革命成果，保衛老一輩打下的江山』。算了，不說這個了。周夜叉帶了一個小美女過來，不是你喜歡的那個，是另一個。那個據說已經被她打入冷宮了。」

他不屑地看著彎腰撿咖啡杯碎片的秦廣：「等你把姓王的辦妥以後，就把那個女人拿去當戰利品吧。」

第六十七章

平安夜。

人行道上擠滿了狂歡的年輕人，大街小巷的商店、飯店無不張燈結彩，每家大商場門口都矗立著一棵閃閃發光的聖誕樹。秦廣獨自坐在一家酒樓的包間裏，喝著白酒，間或夾幾口極為麻辣的川菜下酒，對隔壁傳來的陣陣哄笑聲充耳不聞，耳畔迴旋著炮彈的呼嘯聲、爆炸聲所交織成的密集的巨響。

每當空中傳來「嗖嗖」的聲音，他們就立即趴下，頃刻炮彈就在附近爆炸；而當空中傳來哨子般的嘯聲時，他們就繼續跑步前進，炮彈還要很遠才會落地。部隊就這樣一點一點向前推進。身為炮兵連的新兵，他的任務只是背炮彈，連步槍都交給一個老兵拿著。白天急行軍，夜裏也難得闔眼，餓了靠壓縮餅乾充饑，渴了也很難喝上一口水。

終於到達前線了，營長命令炮兵向一座越軍占領的高地開炮。班長領著全班戰士來到那座高地對面的一座山頂，找了一處樹木稀少的地方，挖坑、架炮、裝炮彈，班長和一名炮手負責開炮，他和其他幾個新兵在坑裏隱蔽。

他聽見兩顆炮彈在對面高地上爆炸，心中一陣喜悅。可是，還沒等他喘口氣，便有一陣機槍劈劈啪啪從對面掃射過來，緊接著一顆炮彈在他身邊爆炸，塵土飛揚，彈片亂飛，他扭過頭去看班長和炮手，他們已經被炸得血肉模糊。

那天晚上，部隊攻下高地之後，他第一次見到了連長。連長頭上紮著繃帶，繃帶上有一大塊殷紅的血跡，神色冷峻。

接下來，連隊進入了防禦狀態，除了在山頂上構築戰壕和火炮掩體之外，每個人都要給自己挖一個防炮彈的貓耳洞，夜裏就睡在裏面。陰雨連綿，貓耳洞裏非常潮濕，他把雨衣墊在身下，依然抵禦不了刺骨的寒濕之氣。

一有太陽，天氣就很悶熱，他把潮濕的軍裝掛在樹枝上，掏出隨身攜帶的筆記本，胡塗亂抹一些人生感悟。

「文筆不錯嘛！」

那是他第二次見到連長，兩個人都在樹叢裏拉肚子。附近沒有乾淨的水源，所有人都染上了痢疾。手紙奇缺，他從筆記本裏撕下幾張紙遞給連長，連長蹲著讀紙上的文章。

上級命令傳達到連隊，反擊戰已經取得了預期的效果，要撤軍了。連長一拳在樹幹上打出一個窩，血流如注，恨恨地罵道：「幹他娘……」

回國以後，他被連長推薦到營部當文書，半年以後，又被調到團部當宣傳幹事。等他退伍以後在一次老兵聚會上再見到連長的時候，連長已經是靠倒賣軍用物資賺到第一桶金的「王總」了。

手機響了，是簡訊。

秦廣哆嗦著打開手機，看見四個字：「人已解決」。他大吼一聲，仰天狂笑，笑得眼淚都流出來了，抓起酒瓶朝牆上擲去，酒漿四迸，玻璃碴亂飛。幾塊玻璃碴在他身邊叮叮當當落下，他卻安然無恙，沒有被擊中。

他撿起一塊鋒利的玻璃碴，刺破左手的食指，讓血滴進酒杯裏。他舉起酒杯，淚流滿面地傻笑著，仰起頭，一飲而盡。

第六十八章

王家衛遲到被北京大學生要求道歉。
命理專家看零八年明星婚事，嘉玲偉仔明年走姻緣運。
李宇春憑巡演再登《時代》雜誌，地位無人能及。
王石建議持幣觀望者三四年後再買房。
我國明年八項措施遏制煤礦瓦斯重特大事故。
吳儀話別：明年會完全退休，不再擔任任何職務。
……

方炬在路燈下掃視著報紙上的新聞標題，歡快的人群從他身邊經過，像喧騰的河水流過一塊奇崛兀立的礁石。

平安夜，火樹銀花的平安夜。在他身上潛伏了好幾年的病毒終於蠢蠢欲動了，他的咽喉突然發炎，肌肉和關節隱隱作痛，夜裏輾轉反側冷汗淋漓，這些都是即將從愛滋病毒攜帶者變成愛滋病人的預兆。他的身體即將成為病毒的又一個祭品，他的免疫係統將飽受摧殘。

他放下報紙，迷茫地向四周張望。恍惚之間，他看見不遠處停著一輛暗紅色轎車，顏色和造型都似曾相識。緊接著，他看見從人群中走出一個輕盈的身影，來到那輛轎車前——是她，就是她！他的心頓時砰砰亂跳。她在打開車門的時候，轉過臉向他這邊望了一眼，也許是不經意的習慣動作，也許是因為感覺到有人在看她。她的目光似乎閃了一下，想必是看到了他。但這一切也許都是他的錯覺。他再定睛看時，那輛暗紅色轎車已經消失在浩蕩的車流中，也許根本就不曾存在過。

第六十九章

秦廣跌跌撞撞走出酒樓。街上的燈光太耀眼，人流太嘈雜，他要一個人藏到黑暗中，那樣才能讓他感到安寧。前方不遠處剛好有一片廢墟，原先是一片平房，為了修一條新馬路，不久前剛剛拆掉。中間有一條通道，是以前的胡同。

他順著通道往裏走，沒有燈光，只是在月光下影影綽綽地浮現出兩旁斷壁殘垣的輪廓。四周很靜，靜得可怕。一陣寒風裏挾著腐爛的垃圾氣味迎面襲來，他一陣噁心，彎下腰，吐了一地。

「是你——」

耳畔突然響起一個嘶啞的聲音，秦廣一驚，有誰會在這個時候像幽靈一樣在這片廢墟裏遊蕩？他轉臉望去，一個又高又壯的人影正站在他身旁。月光本來就弱，再加上逆光，他看不清對方的臉，只是覺得那個聲音似曾相識。沒等他細想，對方已經一腳將他踹倒在地，接著又彎腰從地上撿起一塊磚頭。一瞬間，他忽然知道了對方是誰，從心底冒出一股寒氣，大聲喊道：

「你要幹什麼？你還記不記得我救過你！」

那個人影拿著磚頭的手在空中停住了。秦廣果然沒有猜錯，他就是方炬。就在他遲疑的片刻，秦廣想要趁機站起身，但是被冷汗浸透的身體完全不聽使喚。

方炬鬆手把磚頭丟在地上，一腳踩在他的胸口上，肋骨發出輕微的「喀嚓」聲。

「我不想偷拍……我也是受人指使，才被迫偷拍的……」

「說，是誰讓你那麼幹的？」

秦廣腦海裏靈光一閃：「是周夜叉……」

「周夜叉是誰？」

「周夜叉就是芷琪的仇人……」

「你敢騙人我就打死你！」

「我沒騙人……」秦廣竟像小孩一樣抽抽嗒嗒地哭起來，唯有如此，才能讓方炬相信他說的話都是真的。

「四十多年前，文革的時候，芷琪的祖父是中學老師，周夜叉是紅衛兵，芷琪的祖父就是被周夜叉批鬥死的……」

他感到踩在他胸口的那隻腳稍微放鬆了些。

「接著說！」

半小時後，方炬疾步走出廢墟，走到燈火通明的大街上。他目光呆滯，面無表情，但是整個人似乎都籠罩在凜然的殺氣中。

又過了十分鐘，秦廣也蹣跚著走出廢墟，臉上漾起一絲微笑。

第七十章

一九六七年一月底，一度風光無限的「聯動」被中央文革小組定性為反革命組織。「紅三司」旗下幾萬名造反派紅衛兵，在公安人員的指揮下，在北京滿城追剿「聯動」成員，報仇雪恨。

「聯動」是「首都中學生紅衛兵聯合行動委員會」的簡稱，成員主要是號稱「紅五類」的幹部子弟。文革伊始，他們身穿綠軍裝，臂戴紅袖章，在京城的大街小巷耀武揚威，對所謂出身反動階級或是有歷史問題的人抄家、揪鬥、遊街示眾、敲詐勒索，乃至施以酷刑。而絕大多數普通職工和市民子弟只能默默旁觀。

「老子英雄兒好漢，老子反動兒混蛋。」

不過，隨著時局發展，「聯動」的父輩逐漸失勢，一個接著一個戴上了「資產階級當權派」的帽子，也影響到了他們的處境。而此前備受他們鄙視、羞辱的普通職工和市民子弟，卻在最高領袖的公開鼓勵和中央文革小組的加持下，在全國各地風起雲湧地成立了大大小小的紅衛兵組織。

革命無罪，造反有理。革命不分早晚，造反不分先後。普通百姓也可以「奉旨造反」，獲得參加革命的機會，跟先前「解放」他們的人平等——就憑這一點，他們怎能不對最高領袖衷心愛戴？

在北京，「奉旨造反」的普通百姓家庭出身的紅衛兵，很多都集結在「首都紅衛兵第三司令部」、簡稱「紅三司」的旗幟下。

「聯動」的不滿可想而知。他們，只有他們，才是紅色江山的天然合法的接班人，他們如何能接受那些普通百姓家庭出身的造反派紅衛兵與他們平等？

兩派之間大規模的武裝械鬥開始了，殺聲震天，血肉橫飛。為了解救兩名在偷摩托車時被對方捉住並扭送公安部的落難兄弟，「聯動」成員竟然六次衝擊公安部，毆打公安人員。終於，隨著中央文革小組一聲令下，喪鐘敲響了，「紅三司」旗下幾萬名造反派紅衛兵，在公安人員的指揮下，對「聯動」成員滿城追剿，見了先打，打了再抓。

不過，這只是一個持續了幾十年的長篇故事的開頭。到了故事的結尾，當年的「聯動」成員幾乎全都變成了另一個時代的社會精英，而當年的造反派大都窮困潦倒，鬱鬱而終。

第七十一章

方炬宛如穿越時空隧道，來到了現在。

心臟急劇地收縮、舒張，來自時空隧道那一端的紅海洋的靈力，正在源源不斷地流入他的胸膛。

他身披棉襖，棉襖裏面穿著那件印有毛主席在天安門接見紅衛兵畫像的T恤，臉龐整整瘦了一圈，眼窩深陷，眼睛射出餓狼般的光芒。

身為「紅三司」的一員，他是任務就是懲罰周夜叉，伸張正義。

他手裏拿著一根從建築工地上撿來的鋼棍，他的塵根也像鋼棍一樣堅硬。

他已經很久沒有勃起過了，他對生命的感覺早已磨損，早已鈍化，即使是在那天晚上面對芷琪的裸體的時候，他雖然有過片刻的震顫，但也未曾勃起。

令他終於勃起的，是對死亡的感覺。

他看見了周夜叉。

她和他在網上看到的她的照片長得一模一樣，中等身材，燙著短髮，臉長而方，戴一副無框眼鏡，衣著樸素，溫文爾雅。

如果不是在網上查到了她當年的斑斑劣跡，他完全不能相信，這樣一個宛如中學老師的老婦人，竟會像秦廣所說的那樣，上中學的時候曾經將自己的老師、芷琪的祖父虐待致死。她手裏的人命其實還遠不止這一條。

此時，周阿姨也看見了方炬。

這是一座高檔住宅小區門口的一條林蔭道，通往附近的一個購物廣場和與之毗連的幾棟寫字樓。小區憑門卡出入，二十四小時保安監控；購物廣場內設有地鐵站，各種店鋪一應俱全。林蔭道很幽靜，午後的陽光很閒散。對於這個迎面走來的看起來相當落魄而且病態的青年，她像對所有在路上遇到的人一樣，和藹而很有風度地笑了笑。

兩人剛一擦肩而過，方炬猛然轉身，揮起鋼棍，朝周阿姨的腿掃去。

彷彿閃過一道紅色的光弧，彷彿鋼棍還閃爍著當初冶煉它的火焰，「咚」的一聲，周阿姨後背朝天，重重摔倒在地上。

他雙手緊握鋼棍，運足力氣，高高舉過頭頂。

一棍打死未免太便宜她了，他要把她的脊柱打斷，讓她體會半身不遂的痛苦。至於自己的生命，他早已置之度外，與其經受愛滋病的痛苦，不如索性決絕地求死。惡有惡報，讓害死芷琪祖父的惡人得到應有的報應，是他所能想到的最能證明自己人生價值的事情。

「啊——」

地上的老婦人發出一聲慘叫，他突然怔住了，心中泛起一股難言的憂傷，細若游絲，卻又足以將人綁得結結實實。無論如何，動手打一個沒有還手之力的人是不對的。如果這一棍真的落下去，他將會背負更大的罪孽感。他高舉鋼棍的雙手神經質地顫抖著，汗水浸濕了額頭。

正在這時，一顆子彈呼嘯而來，洞穿他的頭顱。

方炬倒在地上，血從他頭上的兩個彈孔汩汩流出來。他雙眼圓睜，雙手依然緊握著鋼棍，臉上充滿了鬱結的痛苦。

第七十二章

開槍的人是一個身穿便衣的國安，在胖子的默許下，秦廣請他幫自己一個忙。從昨天早晨開始，他們就一直開車跟在方炬身後。

警察趕到以後，很快清理了現場。周阿姨被救護車送往醫院，開槍的國安和秦廣按程序錄了口供，說方炬早就是他們的調查對象，這一次幸虧及時出手，制止了一起暴行。在方炬的屍體被運走之前，秦廣掏出數位相機，精心選擇了一個最合適的角度，拍了一張很有美感的照片。

第二天上午，秦廣帶了禮物，去醫院探望周阿姨。

也許是擔心引起不必要的聯想，周阿姨的家人對外界遮罩了她遇襲的消息。醫院起初不讓秦廣進入病房，但是當守候在病房外的一位周阿姨的秘書得知他的身分之後，便主動進去稟告。片刻之後，他走出病房，很客氣地對秦廣說，周阿姨很想見他。

周阿姨的神情格外慈祥，甚至略帶一絲少女般的羞澀，忙不迭地對秦廣表示感謝，然後詢問他，襲擊自己的人究竟是什麼背景？為什麼早就成為國安的調查對象？

「他是一個自由職業的民謠歌手，跟一些長期上訪鬧事的社會不安定分子有來往，具有嚴重的反社會傾向，政治上也很可疑。」

「你是說，他這樣做是個人行為，並沒有人在背後指使？」

「從目前掌握的情況來看，似乎是這樣，不過……」

「不過什麼？」

「他上過大學，中途退學。在他的大學同班同學中間，有一個人，跟妳的關係很近。」

「哦？是誰？」周阿姨臉上的慈祥倏然消逝了，神色警覺而陰沉。

一瞬間，秦廣看到了一個心機深沉、冷酷無情的老女人。這才不愧是傳說中的周夜叉。他終於明白了胖子為何那樣忌憚她。

「是芷琪。」

周阿姨的眼神頓時變得極其怨毒，怨毒得令秦廣不寒而慄。

「是不是那個女人跟這件事有關？」

秦廣低下頭。

「無法證實，也無法證偽。不過，如果不是有人告訴他，那個民謠歌手又怎麼能知道您住在哪裏？」

周阿姨點點頭，歎了一口氣：

「這些年我已經很對得起那個女人了。」

第七十三章

夜裏，京城下起了雪。不同於上次的雨夾雪，密密匝匝的堅硬的雪粉從天而降，很快便覆蓋了所有可以覆蓋的地方。清晨，雪依然紛紛揚揚，空氣凜冽。因為路滑的緣故，公路上汽車的鳴笛聲此起彼伏，刺耳而清冷。蕭鳴待在房間裏，聽著遠方傳來的鳴笛聲，等房東過來結賬。

房間已經收拾乾淨，他自己的東西都裝進了兩個大皮箱裏。這間屋子不能不讓他覺得留戀，因為曾經有過珮瓊的氣息，但是她的氣息正一點點消失在空虛裏，他必須在它消失殆盡之前離開，那樣或許還能保留對這裏的溫暖回憶。

張姨來了。她先往房間裏瞄了一下，又看了一眼蕭鳴，立刻便斷定他正在經歷分手的痛苦，於是表現得格外客氣，不過這並未減少她檢查家俱使用情況時的仔細。算清了房租和水電費之後，她接過蕭鳴遞過來的錢，數了兩遍，揣進兜裏，把零錢找給他，問他坐幾點的火車，回省城後打算做什麼工作……等等。但是她空洞的眼神卻表明她不想讓他在屋子裏多待一分鐘。蕭鳴很知趣地告辭，她卻又拚命挽留。他終於擺脫了這個女人，拖著箱子來到小區門口，上了一輛計程車。

昨晚他給芷琪打電話，說自己已經在陸雲那裏辦好了離職手續，買好了今天下午回省城的火車票。她驚訝地問他為什麼走得這樣急，他騙她說有一個親戚生了重病，必須趕回去探望，她說中午要為他踐行。過了一會兒，她打電話過來，說在一家飯店訂好了位子，並把那家飯店的地址告訴了他。

他們在她訂好的包間裏見面。她脫下黑外套掛在衣架上，身上的淺灰色毛衣略微有些緊，襯出胸部的曲線，搭配著桃紅色圍巾，顯得風姿綽約。

他把她的房卡還給她，她笑了一下，收進包裏。

菜陸續送上來了，兩個人邊吃邊聊，散漫地說著閒話。無論如何，他們之間的氛圍已經跟秋天剛剛重逢的時候大不一樣了。雖然彼此都裝作從未發生過那次一夜情，但是他們的關係已經永遠地改變了。

蕭鳴眼前反覆縈繞著那天夜裏她在床上的樣子，她純然被動地接受他的激情，目光像是透過他的軀殼看著冥冥中某個神秘的記號。從性愛的角度說，那真是一次乏味的經歷。從那以後，他不再覺得她有神光離合的感覺，不再為她感到彷彿瀕臨死亡邊緣的顫慄。他依然愛她，卻決定將這份愛限制在精神的範圍之內。

但是，也許她的感情恰好相反？自從那個夜晚以後，她在他面前便不再坦然扮演關切殷殷的施予者的角色，而是平添了不少禮貌和含蓄，還有一絲不易察覺的私密的溫存。也許，她終於愛上了他，就在他終於決定放棄的時候？

有幾個瞬間她顯得很傷感，但是立刻便恢復了平靜，到後來甚至笑聲不斷。他們吃完了飯，又吃完了水果。時間不早了，他們走出飯店，在漫天的雪粉中無言地等計程車。兩個人都意識到他們未來很長一段時間都不會再見面了，甚至不會再互相聯繫。

一輛計程車在他們身邊停下。她幫他把兩個大皮箱放進後備廂，他走進車廂，跟她揮手告別，她也含笑跟他揮手。

十二月就要結束了，這一年就要結束了，在瀰漫的雪粉和厚厚的積雪中，蕭鳴意識到，自己的青春年華終於結束了。

第七十四章

張姨走出公車，雪粉打在她臉上，地很滑，她碎步往前走，一眼看見路邊那家山西燒餅店又開張了，忍不住湊過去看個究竟。

那一家三口一如從前在店裏忙碌。中年男人全神貫注地烙著餅，把握著火候，神情更陰鬱了。中年女人在拌餡，臉上似笑非笑，好像很滿足現在的生活，什麼都不用想，什麼都不去想。小夥子在用力揉麵，他穿了一件黑襯衫，顯得更黑更瘦了，以前橫在眉宇間的那股愣氣完全消失了，眼神非常馴順，看上去不像十八九歲，倒像是二十八九歲。

張姨繼續碎步往前走，來到小區門口，想起這兩天丈夫嘴饞想吃紅燒肉，家裏剛好又沒有大料了，便拍拍身上的雪粉，走進那家小超市。那個濃妝豔抹的女孩正坐在收銀臺前用筆記型電腦看電視劇，她抬起頭，冷漠地掃了張姨一眼，又全神貫注地看電視劇。

「真是個小賤貨，一點教養也沒有！」張姨在心裏憤憤地罵了一句。

第七十五章

午後，芷琪坐在黑色鋼琴前，欲彈又止。

窗外一片陰沉沉白茫茫，屋內光線昏暗。以深紅純白兩色為主的家俱，原先看起來既熱烈又素淨，現在卻變成了壓抑的暗紅和冷清的淺灰。茶几上的豆綠色瓷瓶裏耷拉著幾朵枯萎的菊花。

她躊躇良久，終於開始了手指和琴鍵的對話。憑著記憶，她彈起了電影《齊瓦戈醫生》的主題曲《拉拉之歌》。她彈了一遍又一遍，神情專注而憂傷，彷彿和電影女主角一樣置身於無邊無際的冰天雪地中。

手機響了，琴聲戛然而止。一個陌生的號碼，她遲疑了一下，按鍵接聽。一個陌生女人的聲音傳來，自稱是周阿姨家裏新來的保姆，說周阿姨正在外面開會，委託她通知芷琪，下午三點半在會所見面。

芷琪咬了咬嘴唇，是驚訝，是困惑，是不情願，但還是禮貌地答應並道謝。

空中飄揚著如粉如沙的雪花，地上、屋頂上都積了一層厚厚的雪。道路很滑，她開著暗紅色轎車在大街上行駛了很長時間，駛進一條靜謐的胡同，在一座明清建築風格的大宅院前停下。

朱紅色的正門緊閉著。她推開院角一扇狹窄的角門，出示會員卡，進入院落。這是一座目字形的大四合院，據說曾是清代一位侯爵的府邸，一九四九年以後長期成為某機關駐地。幾年前機關遷出，周阿姨和幾個朋友斥資買下它，改造成一間私人會所。

她順著雕粱畫棟的遊廊走進一道垂花門。視野豁然開朗，院子裏的假山奇石、竹叢柿樹，都覆蓋著一層白雪。

一個年輕的男服務生突然出現在她面前，急促而含糊地問：「Can I help you?」他動作緊張，目光閃躲，但又偷偷地窺視她。

她看看手錶，時間是三點二十五分。

「請問周阿姨來了嗎？她約我三點半在這裏跟她見面。」

「哦，她還沒有過來。請隨我來，我帶你去裏面等她。」

他領著她沿著長廊走向院落深處，走過了又一道垂花門。芷琪雖然曾經數次來過這間會所，但是從來沒有進過這道門。剛才的院子裏還能聽見有人說話的聲音，這裏則闃然無聲，甚為冷寂。假山奇石更加玲瓏精緻，花木也更為繁多，能辨認出來的有石榴樹、棗樹、海棠、丁香等等，也都被雪壓著。還有兩個大缸，夏天想必開滿荷花。

服務生將她領進西廂房的一間小屋。這是一間會客室，桌椅器具都古色古香，牆上掛著許多小木牌，刻著一些奇怪的文字，細看竟是道家的符咒。

芷琪知道，這層院子後面還有一層後院，隱藏在這層院子的正房背後，沒有大門相通，只是在正房旁邊的耳房開一道小門可以出入。據說裏面住著一個被周阿姨奉為上賓的道士。這些小木牌上的符咒想必就是那個道士寫的。

服務生恭順地給她斟上一杯熱茶，然後關門離開。

她喝下一口茶，突然驚惶地扔下茶杯，茶水潑了一地。她搖晃著站起身，想要衝出門，門卻從外面鎖上了。她滿臉恐懼，渾身抽搐，想叫喊卻發不出聲，隨即一個踉蹌，昏倒在地上。

第七十六章

秦廣在洗淋浴。

水嘩嘩地流著，飛濺著，從他身上流向地漏，流進下水道。他要讓全身每一塊肌肉都徹底放鬆，每一個毛孔都舒適愜意。

他關上水龍頭，擦乾身體，裹上一條大浴巾，走出淋浴間，走進臥室。

這是一間簾幕低垂、帷幔重重的客房，和西廂房的會客室之間有一道暗門。室內所有家俱、屏風都按照明代風格打造，精緻高雅。

臥室中央是一張紅木大床，鋪著黛青底金花被褥，芷琪就躺在上面。

在她昏迷的時候，秦廣僅僅脫下了她的外套。他一定要等她醒過來，才做他一直想對她做的事情。

她已經醒了，睜著眼睛，但藥力還沒有過去，動彈不得。她顯然已經意識到了自己的處境，神情故作鎮定，但卻掩飾不住強烈的驚惶和膽怯。她一眼看見了他是誰，隨即避免與他直視，目光投向地面。

她已經被徹底趕出那個階層，不再有可能當上未來的副行長夫人了。所以就算征服她，也不會讓他像原來計畫的那樣充滿成就感了。

但她真是太美了，尤其現在像羔羊一樣無助的樣子，真是美貌絕倫。

秦廣突然想起了那個綽號「閻王」的保衛科長。十幾年前，「閻王」一定曾經像他現在這樣血脈賁張地看著她一動不動地躺在床上，那時她一定也像現在這樣驚惶而膽怯，避免與他直視，目光投向地面。只不過那時她還是一個青澀的少女，「閻王」根本無須使用藥物，只要一個眼神，就足以讓她恐懼到不敢動彈，不敢出聲。

但「閻王」難道不也正是最早讓她體驗到雲雨之歡乃至縱慾之樂的人？作為被征服者，即使她對「閻王」恨之入骨，但是難道在慾望的最深處會沒有一道永遠的烙印，一片永遠需要填補的空虛地帶？否則為何她會頻頻在酒吧裏找萍水相逢的老外過夜？那道烙印、那片空虛地帶永遠銘刻著「閻王」的名字，在她所有的雲雨之歡的盡頭，她都會看到「閻王」的臉。每一次跟男人上床，對她來說想必都是一次精神上的自虐，而她偏偏又難以遏制地沉溺於這樣的自虐之中，無法自拔。

如果是在二十年前，秦廣或許會對她感到同情。但是現在他早已沒有多少惻隱之心，就算有，他也會主動丟棄。他扔開浴巾，無所顧忌地赤裸站在她面前，說：「沒想到吧，我們又見面了。」

聽到這句話，她猛然厭憎地睨了他一眼，隨即轉而注視屋頂的藻井。

秦廣打開床頭櫃，取出一張照片，用拇指和食指夾住，在她的眼睛上方晃動。她剛一看清照片中那個倒在血泊裏的人的臉，頓時瞪圓了眼睛，嘴角詫異地翕動著，卻說不出話來。

「這個loser，居然敢在光天化日之下襲擊周大姐，活得毫無價值，死得也毫無意義。周大姐向道士請教過了，道士說，這些都是因為妳陰氣太重造的孽，要我給妳補一點陽氣，以陽化陰。」

她一言不發盯著藻井，神情先是難以置信，隨後漸漸充滿了悲傷與自責。秦廣貪婪地注視著她，她母親當年也是這樣美嗎？那麼「閻王」可真是太有豔福了。想到這裏，他不免對那個基層保衛幹部感到一絲強烈的嫉妒乃至憤恨。

他放下照片，突然「撲通」一聲在床前跪下，沙啞而顫抖地說：「其實……其實我是真的喜歡妳……自從見到妳的那一刻起，我就真的想跟妳交朋友……只要妳願意相信我，願意跟我交朋友，我就保證不傷害妳，安全離開這裏。妳願意跟我交朋友嗎？」

她不說話，呼吸因為悲傷和自責而變得急促淩亂。

他跪在地上，又顫抖著說了一遍：「其實……其實我是真的喜歡妳……我知道妳是無辜的，只要妳願意相信我，願意跟我交朋友，我就保證不傷害妳，安全離開這裏。妳願意跟我交朋友嗎？」

她烏黑的眼珠慢慢從眼眶裏向外突出，呆滯而膽怯地瞟了他一眼。出於自我保護的本能，她最終遲疑地、輕輕地點了點頭。

「哈哈！」他霍然起身，「好了，現在可是妳自願跟我交朋友的。」他從床頭櫃裏取出一副保險套，「別害怕，我說過了，保證不傷害妳。」

她的臉部線條剎那間被憤怒扭曲了，眼睛彷彿要噴出火來，牙齒咬得咯咯作響。然而她的眼神很快又變得平靜，死死盯著藻井，呼吸也回到了正常的節律，臉上沒有一絲憤怒，而是謎一樣的安詳。

她現在怎麼還可以如此安詳？秦廣感到強烈的不爽。他憤憤地戴上保險套，躍上床，扒開她的層層衣衫，直接硬生生搗入她的身體。

是的，這不僅是一次強姦，更是一場報復，報復這個女人逼得他只能做壞人，而且是一個比以前更壞的人。他希望看到她痛苦和憤怒的樣子，那樣才能讓他確信她被他擊潰了。只要她肯示弱，只要她肯承認他是高高在上的征服者，他就一定會憐香惜玉，一定會讓她欲仙欲死，但她的神情仍是謎一樣的安詳。

他很惱火，先是伏下身恣意咬她的乳房，然後揮掌用力打了她幾個耳光。他不相信她會一直沒有反應，他一定要讓她有反應。

忽然，她像觸電似的渾身打了個冷顫，藥力提前從她身上消退了。她驀地伸開雙臂，牢牢抱住他的脖子，騰起雙腿，死死箍緊他的腰，目不轉睛地盯著他，發出一聲悠長的、宛如狼嗥般的呻吟。

秦廣萬萬沒有想到會發生這樣的變化。芷琪的身體宛如突發的海嘯，快速地把他頂起來又落下，落下去又頂起。她的呻吟像荒漠中的狼嗥一樣淒厲，令人毛骨悚然。她的眼神充滿了凌厲的殺氣，那不是弱者的仇恨，而是強者的輕蔑。

他腦海中迅速閃過《孫子兵法》裏的一句話：「始如處女，敵人開戶，後如脫兔，敵不及拒。」是的，他一開始過於輕敵，用力過猛，把自己當成了「閻王」，把對方當成了逆來順受、任人擺佈的小女孩，結果進退失據，落了下風。現在她一面海潮洶湧，一面無比輕蔑地盯著他，彷彿在譏笑他是不中用的對手，彷彿在命令他拿出真本事證明自己。

海嘯更加洶湧激烈了，他想要停下來，但不可能。她的身體彷彿長出了許多柔韌的藤蔓，緊緊纏住他的身體，任他左衝右突也無法掙脫，只能隨著巨大的海浪快速地上上下下，忽高忽低，她那狼嗥般的呻吟更是令他心膽俱裂。他大汗淋漓，精液噴湧而出，身體和意志都迅速土崩瓦解。她卻依然緊緊地纏住他的身體，伸出舌頭，吻他的臉頰。她吻過的地方便像有火燒過，灼燙之極。

他覺得渾身的元氣都快要耗盡了，上氣不接下氣地說：「停……停……停一下……」

她縮回舌頭，定定地看著他，眼睛裏忽有盈盈笑意。不僅是眼睛笑，臉上所有的線條都在笑，不是冷笑，不是譏笑，而是那種極其嫵媚甜美、欲拒還迎的笑，秦廣頓覺銷魂蕩魄，天旋地轉，但這也許只是他的幻覺，緊接著他眼前一黑，想要喘一口氣，卻再也無法喘息……

在會館深處的一間地下室裏，從監視器的螢幕上，可以看見芷琪正在用枕巾用力捂住秦廣的嘴和鼻子，顯然是想讓他窒息而死。

她拚出了全身最後一點力氣，只要再堅持幾分鐘，就真的可以弄死這個魔鬼了。

就在這時，門外傳來了雜遝的腳步聲，緊接著，門打開了。

她不禁發出了一聲絕望的喘息……

第七十七章

秦廣醒了。

他恍恍惚惚看見兩個男人正在注視著他，頓時感到強烈的恐懼，以為他們是越南士兵，自己被俘虜了。過了好一會兒，他才想起來自己身在何處，也才看明白那兩個男人穿的是會所侍者的制服。

他現在的姿勢是平躺在床上，身上蓋了一床被子，想必是那兩個男人給他鋪上的。隨即他意識到芷琪就躺在他身邊，和他一樣大汗淋漓。

秦廣忽然對自己感到漆黑的、近乎絕望的憐憫，好像回到了少年時代的第一次手淫，當精液噴湧而出、沾滿手掌之際，那種不知所措的恐慌與空虛。

「滾，滾出去！」他厭惡地喊了一聲。

那兩個侍者面無表情地走出房間，把門關上。

芷琪癱軟無力地躺著，心情是絕望後的平靜。

她已經不再有殺死身邊這個男人的念頭，雖然他是一個魔鬼，但是她知道自己不可以殺人，不可以犯下那樣的罪。在經歷了山崩海嘯的交媾之後，他們彼此都註定烙上了對方的烙印。只是她不再是任人擺佈的弱者，或是沉溺於肉身遊戲不能自拔的自虐者，她終於知道自己可以像蠍子一樣有毒。確實，她的星座就是天蠍座。

秦廣覺得身體舒服了些，從床上起身，穿上衣服，在離開房間之前忍不住又看了芷琪一眼。她閉著眼睛，像是睡著了，神情安詳，彷彿吸納了這間屋子裏所有的光芒，留給他的卻只有漆黑的恐慌、空虛與絕望。她依然是完整的，他卻已經徹底破裂。

天完全黑了，院落裏依稀的燈光輝映著地上的雪光。秦廣走出這一層院子的垂花門，才想起忘了拿那張方炬屍體的照片。

算了，他不想再回到那間屋子，不想再看到那個女人。

第七十八章

又一個白晝來臨了。上班的人流車流，擠滿了幾乎每一條街道。天晴了，積雪的路面很滑，不斷有行人摔倒。地鐵月臺上排著一支支長長的隊伍，穿制服的工作人員拿著喇叭，高聲維持秩序，但始終無法阻止人群在列車到站時蜂擁而上。寫字樓裏，電梯上上下下，倦怠的白領們保持著矜持的微笑。報刊亭前，陸續有人停下，買一份當天的新報紙。

白晝之後又是黑夜。鱗次櫛比的高樓大廈，閃耀著一串串霓虹燈。幾乎每一條街道，都擠滿了下班的人流車流。路面的積雪已經融化了。地鐵站裏人來人往，有人在賣東西，有人在抱著吉他彈唱。大大小小的飯店燈火通明，顧客盈門。寫字樓裏，很多白領還在加班，一邊吃著速食，一邊注視著電腦螢幕。

黑夜之後又是白晝，如此周而復始，城市重複著自己的節奏。當然每天都會有一些細小零星的變化。比如這一天，一家小畫廊裏掛出了二十多幅油畫，有風景，有靜物，還有抽象的圖案，其中最引人注目的一幅，畫的是蔚藍天空下紅紅白白的罌粟花。

據說，這些畫的作者是一位非常美麗而有氣質的女士，她委託畫廊出售她的作品，而她本人已經離開北京。

第七十九章

一年過去了。

這一年發生了很多事，拉薩騷亂、汶川地震、北京奧運會、全球金融危機……但是蕭鳴的生活卻單調得沒有一絲波瀾。他在省城的一家出版社當編輯，上班基本上是一個人埋頭看稿子，下班也是一個人獨處，衣著邋遢，一直不刮鬍子，對女性避之唯恐不及。他知道同事們都在背後說他是一個怪人，隨他們說去吧，他不介意。

他沒有聯繫過芷琪，也沒有聯繫過珮瓊。雖然她們的身影經常在他夢裏出現，但只要一睜開眼睛，他就會清醒地意識到，她們已經從他的生活裏消失了。或者說，她們本來就只是他生活中的幻影，他從來不曾真實地擁有過她們，甚至從來不曾真正懂得她們。

張瑨的名字和照片倒是頻頻從報紙、雜誌和互聯網上映入他的眼簾，想不看見都不行。張瑨在這一年裏聲名鵲起，現已躋身「公共知識分子」的行列，照片中的他總是那樣冷峻、孤傲而迷惘，他的文字也越來越華麗。

一個大雪紛飛的夜晚，蕭鳴像往常一樣，吃了一份外賣的盒飯，使用代理服務器瀏覽境外網站，正要睡覺的時候，意外地收到了陸雲的來信。

她說，她和一家大銀行的副行長訂婚了。雖然對方比她年長二十多歲，但是在交往中漸漸產生了感情，她的父母最終接受了她的選擇。她希望蕭鳴將來能夠來北京參加她的婚禮。

接下來是一段頗為突兀的話：

「冒昧問一句，你跟芷琪還有聯繫嗎？我本來很想請她參加婚禮，但是最近逐漸聽說了她的一些事情，覺得很不可思議，完全顛覆了我對她的好感。算了，我不該背後說人壞話，只是想提醒你看清她的另一面。」

蕭鳴反覆瀏覽這段話，渾身發冷，直打冷顫。很多心緒翻江倒海，難以自持。他從床邊拿起一瓶還剩下一半的白酒，咕咚灌了一大口，趁著微醺的朦朧感覺，打開電子郵箱，點中芷琪的地址，開始寫信。

第八十章

四月初的一個午後，蕭鳴坐上了從省城去西寧的列車。

那個雪夜他給芷琪寫信之後，過了一週才收到她的回信。她的信很簡潔，說自己去年春天離開北京，加入了一家小型NGO，如今作為主管，在青海藏區的一座小鎮從事當地的社區發展項目。那家NGO的發起人是她當年在美國進修的時候結識的一位教授，跟她一起做項目的同事有中國人也有美國人。如今她孑然一身，徹底自由，過年也守在工作崗位上。她說她之所以加入NGO，是因為看了一部講述上世紀七八十年代香港社會運動的影片，許鞍華導演的《千言萬語》。

蕭鳴去了省城很多家音像店，終於找到了這部影片的VCD。

真是千言萬語。

領導民眾街頭抗爭的邱明寬，意識到示威的「無用」——「你一日不入建制，高官就當你是野狗。」然而他當選議員之後，卻不得不遵守政治的規則和計算。其實他本來就是以精英的立場，俯視需要他拯救的民眾。

在底層掙扎求存的蘇鳳，起初是把邱明寬當成精神導師——不，是當成救世主來仰視和愛慕的。但是那個救世主的形象最終轟然坍塌，她也選擇了失憶來放逐自己。

一直被人稱為「小甘」的甘神父，開始似乎跟其他投身社會運動的理想主義者沒有什麼不同，但是隨著情節展開，他身上一些特殊的品質漸漸呈現出來，豁達與寬容，自律與自省。他不會為「有什麼用」這樣的問題而困惑，只是用自己的方式堅持把愛與希望帶給所有人。

這部影片的英文名字叫Ordinary Heroes，即「普通英雄」。

蕭鳴想起那一次芷琪和他關於「精神領袖」的爭論，當時她是那樣執著地期待「精神領袖」的出現。現在她的想法一定變了，不是嗎？

在他的強烈要求下，她寄了幾張數碼照片給他。在藍天雪山的背景下，她的膚色完全變了，像藏族女孩一樣黑裏透紅；她留起了長髮，蓬亂地披散在肩上；眉宇間增添了許多剛毅之氣，目光冷靜明澈，而又悲天憫人。

他久久凝視著這些照片，心潮澎湃。他詳細查閱了那座小鎮的地址和交通路線，沒有事先通知她，便起身前往。

到達西寧已是第二天早晨。他不願在這座同樣也是省城的城市裏逗留，徑直趕往長途汽車站，買了一張車票，去離那座小鎮最近的縣城，然後在大廳裏候車。

和所有省城的長途汽車站一樣，這裏也擠滿了等車的乘客，其中有不少是旅行社組織的遊客，戴著同一種顏色的帽子，圍攏在揮著小旗子的導遊周圍；還有很多穿著民族服裝的藏民，大多數都在轉動佛珠，嘴唇無聲地翕動著念佛。

時間到了，蕭鳴順著隊伍，檢完票走出大廳，正在他往自己要搭乘的那輛長途汽車走過去的時候，另一輛長途汽車恰好從他面前經過，開出車站。他一抬眼，只見一個熟悉的側影倚在玻璃窗邊，若有所思，倏然而過。是她，一定是她！

他衝回檢票口，問一個穿制服的工作人員：「請問剛才開出站的那輛車是去什麼地方？」

他的語速過快，對方沒有聽明白，困惑地瞪了他一眼。他控制住激動的情緒，又問了一遍。

「去哪裏？」

「去德令哈。」

「德——令——哈——」

蕭鳴怔住了，他驀然回想起那個深秋的傍晚，他從芷琪的公寓回到北京郊區的住處，珮瓊端了一碗水餃放在餐桌上，打開筆記型電腦，朗誦海子的詩：

姐姐，今夜我在德令哈，夜色籠罩

姐姐，我今夜只有戈壁

……

今夜我只有美麗的戈壁空空

姐姐，今夜我不關心人類，我只想你

蕭鳴跑出長途汽車站，在路邊揮手攔計程車。他終於攔下了一輛空車，告訴司機，追那輛剛剛出站的開往德令哈的長途汽車。司機點點頭，讓他上車。

西寧的天空還有點灰濛濛，等計程車開出城市，便看到了高原上無比純淨的藍天。重重疊疊的山巒，從車窗兩邊撲面而來，山頂的積雪在陽光下閃耀著晶光。

Do小說02　PG1074

紅與灰

作　　者／昆　吾
責任編輯／林泰宏
圖文排版／楊家齊
封面設計／秦禎翊

出版策劃／獨立作家
發 行 人／宋政坤
法律顧問／毛國樑　律師
製作發行／秀威資訊科技股份有限公司
地址：114 台北市內湖區瑞光路76巷65號1樓
電話：+886-2-2796-3638　傳真：+886-2-2796-1377
服務信箱：service@showwe.com.tw
展售門市／國家書店【松江門市】
地址：104 台北市中山區松江路209號1樓
電話：+886-2-2518-0207　傳真：+886-2-2518-0778
網路訂購／秀威網路書店：https://store.showwe.tw
國家網路書店：https://www.govbooks.com.tw

出版日期／2013年10月　BOD一版　**定價**／340元

|獨立|作家|
Independent Author
寫自己的故事，唱自己的歌

紅與灰 / 昆吾著 -- 一版. -- 臺北市 : 獨立作家,
2013.10
面； 公分. -- (Do小說02 ; PG1074)
BOD版
ISBN 978-986-89946-0-7(平裝)

857.7 102018248

國家圖書館出版品預行編目

讀者回函卡

感謝您購買本書，為提升服務品質，請填妥以下資料，將讀者回函卡直接寄回或傳真本公司，收到您的寶貴意見後，我們會收藏記錄及檢討，謝謝！如您需要了解本公司最新出版書目、購書優惠或企劃活動，歡迎您上網查詢或下載相關資料：http:// www.showwe.com.tw

您購買的書名：______________________________

出生日期：________年________月________日

學歷：□高中(含)以下　□大專　□研究所(含)以上

職業：□製造業　□金融業　□資訊業　□軍警　□傳播業　□自由業

□服務業　□公務員　□教職　□學生　□家管　□其它_____

購書地點：□網路書店　□實體書店　□書展　□郵購　□贈閱　□其他

您從何得知本書的消息？

□網路書店　□實體書店　□網路搜尋　□電子報　□書訊　□雜誌

□傳播媒體　□親友推薦　□網站推薦　□部落格　□其他__________

您對本書的評價：(請填代號　1.非常滿意　2.滿意　3.尚可　4.再改進)

封面設計____　版面編排____　內容____　文／譯筆____　價格____

讀完書後您覺得：

□很有收穫　□有收穫　□收穫不多　□沒收穫

對我們的建議：______________________________

____

____

____

請貼
郵票

11466
台北市內湖區瑞光路 76 巷 65 號 1 樓
獨立作家讀者服務部 收

（請沿線對折寄回，謝謝！）

姓　　名：__________　年齡：______　性別：□女　□男

郵遞區號：□□□□□

地　　址：__________

聯絡電話：(日) __________ (夜) __________

E-mail：__________